浪花朵朵

大作家写给孩子们

胡桃夹子

[德] E.T.A. 霍夫曼 著
[法] 亚历山大·仲马 改编
[美] 艾玛·L. 布洛克 绘
商晓芳 译

江苏凤凰文艺出版社

图书在版编目（CIP）数据

胡桃夹子 /（德）E.T.A.霍夫曼著 ;（法）亚历山大·仲马改编 ;（美）艾玛·L.布洛克绘 ; 商晓芳译. 南京 : 江苏凤凰文艺出版社, 2025. 1. --（大作家写给孩子们）. -- ISBN 978-7-5594-8923-4

Ⅰ. I516.88

中国国家版本馆CIP数据核字第2024PQ3403号

胡桃夹子

［德］E.T.A.霍夫曼 著　　［法］亚历山大·仲马 改编
［美］艾玛·L.布洛克 绘　　商晓芳 译

项目统筹	尚　飞
责任编辑	曹　波
特约编辑	贺艳慧　梁子嫣
装帧设计	墨白空间·李　易
出版发行	江苏凤凰文艺出版社
	南京市中央路165号，邮编：210009
网　　址	http://www.jswenyi.com
印　　刷	河北中科印刷科技发展有限公司
开　　本	880毫米×1230毫米　1/32
印　　张	4.5
字　　数	55千字
版　　次	2025年1月第1版
印　　次	2025年1月第1次印刷
书　　号	ISBN 978-7-5594-8923-4
定　　价	58.00元

江苏凤凰文艺版图书凡印刷、装订错误，可向出版社调换，联系电话 025-83280257

目录

第一章	教父的礼物	1
第二章	胡桃夹子	15
第三章	古怪的大钟	22
第四章	胡桃夹子大战鼠王	32
第五章	奇怪的歌	40
第六章	血肠引发的祸事	46
第七章	公主的怪病	62
第八章	卡拉卡塔克胡桃	74
第九章	穿靴子的年轻人	84
第十章	鼠后的报复	90
第十一章	魔咒解除了	102
第十二章	糖果王子驾到	114
第十三章	美梦成真	132

第一章
教父的礼物

很多年前，在纽伦堡住着一位受人尊敬的西尔布霍斯法官。他有一个九岁的儿子，名叫弗里茨，还有一个七岁半的女儿，名叫玛丽。尽管这两个孩子都模样可人，但性格和长相却完全不同，以至于没人相信他们是亲兄妹。

弗里茨是个身强力壮、面颊红润的男孩。他缺乏耐心，事情一不合意就跺脚。在他眼里，世上的一切都得遵照他的旨意，围着他转。他时常闹情绪，直到法官被他的哭喊声、尖叫声和跺脚声惹恼了，冲出书房，竖起食指大吼一声："弗里茨！"这足以把他吓破胆，恨不得地面马上张开大嘴把他吞下去。而若是妈妈也同样用这一招治他，无论用上多少次，他也毫不在意。

妹妹玛丽和哥哥天差地别。她脸色苍白，身形纤弱，一头自然卷的长发披在两肩，恰似倾泻的金光。她生性羞涩，但友善可亲，即使对她的娃娃们也总是温文尔雅、和颜悦色。对妈妈和家庭女教师特鲁钦，她总是言听计从。事实上，人人都喜欢玛丽。

眼下正值圣诞夜。你或许听说过，纽伦堡是个以各种玩具、木偶及《潘趣和朱迪》木偶戏[1]著称的地方，因此可以想象，这里的孩子无疑是世上最幸福的。每个国家的圣诞节都有自己的传统和风俗。在德国，圣诞夜是送礼物的大日子。此外，孩子们得到礼物的方式也与众不同：圣诞树会被放在客厅的桌子上，挂满各式各样待领的玩具，太重的玩具则放在圣诞树周围。孩子们还会被告知，这些可爱的礼物都是他们的守护天使送来的。这样的谎言完全出于善意，绝不会造成任何伤害。

---

[1] 英国传统的木偶戏，潘趣和朱迪是一对夫妻角色。

自不必说，在纽伦堡的所有孩子里，西尔布霍斯法官家的公子和千金收到了最多的圣诞礼物。除了爸爸妈妈对他俩的宠爱，疼爱他们的教父——德罗塞梅耶也为兄妹俩精心准备了礼物。

关于这位教父，有必要在这儿给大家做个介绍，要知道在纽伦堡，他的地位可不亚于孩子们的法官爸爸。德罗塞梅耶的本职是医生。无论以什么标准看，他都称不上英俊。他有着近一米八的瘦高个头，可是偏偏背驼得厉害，因此尽管有两条大长腿，他也不用刻意弯腰就能轻易地捡起掉落的手帕。再看他的脸，

满是皱纹，就好像从树上掉落的干瘪的苹果；由于右眼失明，他在这只眼睛上面遮了块黑布；头发呢，基本掉光了，所以他戴了一顶自己亲手用玻璃烧制的、光亮而卷曲的假发。为了保护好这项令人惊艳的发明，教父总是随身带着帽子，并且习惯性地把帽子夹在胳膊下。他的左眼闪闪发光、明亮有神，不但得派上自身的用场，还得完成右眼干不了的活儿。因此，他的目光总能火速把房间里的一切看个遍，或是锁定于任何一个他期望解读其秘密的人身上。

说起来可能有些奇怪，这位博学的教父并不像其他医生那样给病人治病，而是把心思都放在怎样让没有生命的东西"起死回生"上。通过大量研究，他对于骨头的工作机制有了深入的了解，制作出了可以走路、互相鞠躬，甚至佩带着一把步枪进行操练的"绅士"。除此以外，他还制作出了会跳舞、会弹竖琴、会拉小提琴的"淑女"，会奔跑、会吼叫的"狗"，会飞、会跳、会唱的"鸟"，会游泳、会吞面包屑的"鱼"，就连能说上几个词语的木偶也在他的一双巧手下诞生了。当然,这些"活物""活人"发出的声音单调难听,毕竟都是由藏在玩具里的机械装置发出来的。

　　由于在机械方面颇有学识,德罗塞梅耶对于他的朋友们来说无疑是个好帮手。比如说,西尔布霍斯法官的钟停了,钟声不对劲了,抑或是里面的齿轮坏了,教父就会立马被请来修理。当然,德罗塞梅耶也会第一时间赶到,因为他就像一名艺术家,全身心热爱他的手艺。

　　一拿到这个坏掉的钟,他就迫不及待地打开它,取出部件放在两膝之间。他兴奋地伸出舌尖,目光熠熠生辉,头上的假发早已小心地放在了地上。一切就绪后,他从口袋中掏出一大堆自己制作的、当然也只有他自己知道该怎么使用的小工具。然后,他选出工具中最锋利的一件插入部件中间。让玛丽着实不可思议的是,这么个破钟,竟能经得起教父的这一番折腾。然而事实是,很快,待这位老工匠一一触摸了这些零部件的各个部位,检查完毕后再次放回原处,钟就又"活"了,滴答声一如既往地清脆悦耳,敲钟的点也精准到不差毫厘。经过这么一番捣鼓，整个房间又恢复了它原有的活力，再也不是死气沉沉的样子了。

还有，玛丽心爱的狗狗特克在厨房里担任转烤肉的工作，她为此很不开心，因此教父特地用木头做了一只机械狗来接管特克的差事。在这之前，特克已经干了这项工作三年，直干到浑身摇晃，连站都站不稳。如今特克只需安逸地坐在厨房的火炉前，饶有兴致地看着他的继任者干活。正因如此，继法官、法官夫人和玛丽之后，特克想必是这个家里第四个爱戴和敬重德罗塞梅耶医生的成员了。事实上，特克的确打心眼儿里感激玛丽的这位教父，每次他来家里造访，没等他按门铃，特克就已经跃到门前，摇着尾巴以示对这位恩人的感激之情。

圣诞夜的傍晚时分，黄昏的余晖已渐渐消退，一整天都没被允许进客厅的弗里茨和玛丽挤在餐厅的一角，他们的家庭女教师把椅子挪到窗边，借着最后一缕白光做针线活儿。孩子们小声说着话，觉得有些奇怪：以往这个时候早就把蜡烛拿进屋点上了，可今天怎

么还没有动静?

终于,夜幕降临,就在那一刻,铃声响起,客厅的门突然开了,一道明亮的光射进屋子,刺得孩子们一阵眼花。爸爸和妈妈出现在门边,亲切地邀请道:

"来吧,孩子们!快来看看你们的守护天使送来了什么圣诞礼物!"

弗里茨和玛丽冲进了客厅。一棵看上去像是从桌子中心长出来的巨大圣诞树映入眼帘,树上满是用糖果做成的花朵和代替水果的糖梅子。枝叶间隐藏着上百支闪烁的圣诞蜡烛,整棵树光芒四射。当兄妹俩开始拆那一桌子的圣诞礼物时,欢声笑语回荡在整个屋子里。玛丽收到了一个超大的漂亮娃娃,而哥哥弗里茨也发现了给他的礼物—— 一整队身穿红色外套的轻骑兵,战士们所骑的白马身上还披着金色的蕾丝边。再看地毯上,竟然还站着一匹木马,这可是弗里茨心心念念了很久的呢。

此时,铃声再次响起,孩子们的目光转向发出声响的房间一角,正是这个被一张巨大的中式屏风隔开

的地方传来了音乐,这让兄妹俩忽然想起来,他们到这会儿还没见到德罗塞梅耶教父呢。于是,他们异口同声地喊道:

"咦,德罗塞梅耶教父在哪儿呀?"

仿佛正等着这句话似的,话音刚落,屏风就打开了,后面可不仅仅是德罗塞梅耶教父,还有他亲手制作的礼物—— 一座宏伟的"城堡"。城堡坐落在缀满花朵的草坪中央,正面的每一扇窗都是用玻璃制成的,两翼还有镀金的塔楼。随着迷你铃铛的铃音响起,城堡的门呀,窗呀都打开了,约一厘米高的小蜡烛照亮了城堡里的一切。屋子里有许多迷你小人儿在四处走

动。男人们身着做工考究的蕾丝边大衣、丝绸马甲和马裤，每个人都佩带着一把宝剑，臂下还夹着一顶礼帽；女人们也穿着华丽的锦缎衣服，打扮得宛如历史上的蓬帕杜夫人般优雅，她们手持香扇，摇曳着的扇面仿佛在诉说着热浪难耐。

在城堡的中央客厅里，插满蜡烛的水晶吊灯把整个房间照耀得仿佛着火了一般。一大群孩子正伴着叮叮当当的音乐欢舞，男孩们都身着帅气的短夹克，女孩们则穿着飘逸的连衣裙。与此同时，一名披着斗篷的男子出现在隔壁房间的窗边，打了个手势便又不见了；一个仅有七八厘米高、酷似德罗塞梅耶的木偶，穿着黄色长礼服，右眼上蒙了块黑布，头戴玻璃假发，在城堡的正门一进一出，像是正在邀请门外的宾客进屋。

起初的几分钟，兄妹俩喜出望外，十分兴奋，但过了一会儿，原本把手肘撑在桌上的弗里茨起身嚷道：

"德罗塞梅耶教父，您为什么总是在同一扇门进进出出呢？您肯定已经厌倦这样重复的动作了。来来来，您可以从那儿的门进，从这儿的门出。"

弗里茨边说边指向两座塔楼的门。

"不，这可不行。"德罗塞梅耶回答道。

"那好吧，"弗里茨又继续出主意，"就当是帮我个忙，您到楼上去，替换那个站在窗边的家伙，让他到楼下门口接您的班。"

"这不可能。"德罗塞梅耶回答。

"那这些孩子跳舞也跳够了吧，让他们走开，让大人们来跳舞。"

"你可真有点儿胡搅蛮缠了，你这个小捣蛋！"教父大声嚷道，言语间有了一些火药味，"这些机械装置就得按规矩运转。"

"那让我到屋子里去转转。"弗里茨说。

"你傻呀，"法官打断了他，"你自己看看，你怎么可能钻得进这么小的城堡？它最高也就到你的肩膀。"

弗里茨屈服了，安静了下来。他望着城堡里的男男女女走来走去，孩子们不停地欢舞，披着斗篷的男子有规律地忽隐忽现，还有那个酷似教父的木偶在正门进进出出。过了一会儿，弗里茨大失所望地说：

"教父，如果这些城堡中的小人儿只能反反复复地做这些动作，您倒不如明天就把他们都带走，我可对他们毫无兴趣。我更喜欢我的木马和轻骑兵，因为他们会按照我的意愿行动，不像您那座城堡里的可怜人一样被关在房子里，只能一刻不停地重复相同的动作。"

说完这番话，弗里茨转身走向餐桌，把他的那些士兵摆成作战的阵列。而玛丽早已悄悄走开了，因为这些小木偶的动作在她看来实在无聊，但她不想伤教父的心，所以并没有说什么。

就在弗里茨转身走开的时候，教父生气地对法官和他的夫人说：

"看来孩子们还不配拥有这样一份杰作，我要把他们放回盒子里带回去。"

为了弥补儿子的无礼行为，法官夫人赶紧上前，恳请教父把这座美丽的城堡里的所有机关都解说一下，并对此大加赞赏。教父的怒火在她的安抚下平息了，他还饶有兴致地从口袋里拿出许多棕色的小人儿。这些小人儿有着白色的眼睛和镀金的手脚，不仅外观精致，而且散发着甜香，因为他们都是用肉桂做成的。

就在这时，家庭女教师呼唤着玛丽，要帮她穿上美丽的丝织裙，这是她收到的圣诞礼物之一。虽然玛丽平时很注重礼节，但这回她却没有及时回应——此时的她正全神贯注地盯着一件新发现的玩具，这件玩具在接下来的故事中可是大主角。

第二章
胡桃夹子

当弗里茨指挥着他的轻骑兵在桌面上正向、反向行进的时候，玛丽注意到了一个看上去略带忧郁的小木偶。他倚靠在圣诞树的树干上，静静地、耐心地、非常有礼貌地等待着接受检阅的时刻。相对他瘦得可怜但得支撑起整个身躯的双腿来说，这个小木偶的身体太长、太大了，脑袋更是巨大无比，与身体其他部分完全不成比例。

他身穿饰满纽扣的紫色丝绒军大衣和同样面料的马裤，脚蹬一双亮闪闪的靴子。但在他这一身行头中，有两件东西显得格格不入：一件是用木头做的难看的窄斗篷，像根小辫子一样从他的后颈垂落到后背，另一件是他头上那顶简陋的小帽子，更像是一件登山装备。

当玛丽看到这两件与其他服饰完全不和谐的怪东西时，她不禁想到了教父戴在他那件黄色长礼服上的领子，它也不比眼前这个小木偶的木制斗篷好看多少，而且教父总爱戴在他那假发上的帽子也是难看得独树一帜，和这世上其他难看的帽子都不一样。

玛丽第一眼看到这个古怪的小木偶，就很是喜欢。她越看，越被他脸上甜美可亲的神情吸引。尽管眼球凸起，但那绿色的眼眸中透出一份宁静与安然；下巴上卷曲的白棉花胡子似乎很适合他，衬托出他那颇具魅力的笑容——他的嘴巴虽然咧得很开，却是朱红色的。

在仔细端详了这个小木偶将近十分钟后，玛丽还是不敢触碰他，只是询问爸爸这是送给谁的礼物。

"这个小木偶并没有指定说送给谁，"法官回答道，"是送给你们兄妹两个人的，因为这个宝贝能在今后帮你们打开胡桃呢。他既是你的，也是弗里茨的；既属于弗里茨，也属于你。"

说完，法官小心翼翼地拿起这个小木偶，掀起他的木制斗篷，他的嘴便张开了，露出两排锋利的大白牙。玛丽把一颗胡桃放进他的嘴里,只听到咔嚓一声,胡桃壳碎成了几片,里面的果仁一整个落进了她的掌心。随后,她被告知,这位衣冠楚楚的绅士来自古老的、受人尊敬的胡桃夹子家族,这一家族的历史可以

追溯到纽伦堡的诞生,而这个胡桃夹子一直秉承着祖辈传承下来的光荣使命。

玛丽听了这些非常高兴,甚至跳了起来。法官接着说:

"好吧,玛丽,既然这个胡桃夹子这么讨你喜欢,虽然他既属于你也属于你哥哥,我还是把他交给你来保管。"

说着,法官把胡桃夹子递给了玛丽。玛丽选了一颗最小的胡桃,这样小木偶就不需要把嘴巴张得过大而显露出特别可笑的表情。

当弗里茨听到夹胡桃的咔嚓声反复响起时,他觉察到家里有了什么新玩意儿,把目光从自己的轻骑兵身上移开。他也加入了夹胡桃的游戏,并且不顾玛丽的抗议,选择了最大、最硬的那颗,把它硬塞进胡桃夹子的嘴里。当咔嚓声费力地响起第五次、第六次时,这可怜的胡桃夹子的三颗牙齿脱落了,下巴也垂了下来,像年迈的老人一样不停地抖动着。

"天哪,我可怜的胡桃夹子!"玛丽惊叫起来,一把从弗里茨手里夺过胡桃夹子。

"这玩意儿蠢死了!"哥哥大声喊道,"这家伙就是个冒牌胡桃夹子,下巴跟玻璃一样脆。这种次品根本担当不了他作为胡桃夹子的职责。把他还给我,我要让他继续夹胡桃,夹到他的牙齿全部掉光,夹到他的下巴彻底脱臼!"

玛丽的哭喊声引来了法官、法官夫人和教父。两个孩子各执一词。玛丽当然想保住她的胡桃夹子,而弗里茨急切地想把他从玛丽手里夺回来。令玛丽震惊的是,教父居然站在哥哥那一边。幸运的是,爸爸和妈妈都支持玛丽。

"弗里茨,"法官说,"是我把胡桃夹子交给玛丽保管的,我现在清楚地看到这可怜的家伙境地不妙,需要给予特别的照料。从现在起,胡桃夹子完全属于玛丽。你既然这么喜欢士兵,那你什么时候听说过让受伤的士兵重回战场?"

弗里茨还要开口反驳,但法官把食指举到右眼前,只说了三个字:"弗里茨!"

前面我们已经说过，每当法官以这种方式对弗里茨说话的时候会发生什么。弗里茨一声不吭地走开了。他回到轻骑兵列队行进的桌子旁，指挥哨兵带领剩下的士兵向晚上扎营的地点前进。

玛丽捡起胡桃夹子掉落的三颗牙齿，用白丝带绑好他的下巴，然后用一块大手帕把这可怜的小木偶包好。此刻，胡桃夹子感到自己在玛丽的臂弯里被轻柔地摇晃着，先前受到惊吓、脸色苍白的他渐渐拾回了些许信心——被这样一个女孩子保护着，他感到十分满足。

此时，玛丽注意到她的教父正面带嘲讽的笑容，注视着自己照料这穿木制斗篷的小木偶。她正准备走开时，教父突然大笑起来，说道：

"好吧，我的孩子，我真是深感惊讶，像你这么漂亮的小姑娘，竟然会对这么一个长得吓人的家伙如此上心。"

玛丽转过身，她有些生气，想起自己之前居然还拿这穿木制斗篷的小木偶和教父做比较。

"教父，您对我这可怜的胡桃夹子太不友好了，竟然说他长得吓人。我倒是好奇，您若是穿上他的这件军大衣、这条马裤、这双好看的靴子，看上去能和他一样帅气吗？"

爸爸妈妈听到玛丽的这番话，不禁大笑起来，而此时教父的鼻子却变得惊人地长。

为什么教父的鼻子会变得这么长呢？玛丽对自己的话造成的结果大为震惊，但她无从知道答案。

第三章
古怪的大钟

在法官书房的右边有个玻璃门橱柜,里面放着孩子们的各种玩具。打造这个橱柜的工匠是一位技术精湛的师傅,他在框架上镶嵌了闪闪发光的玻璃,让这些陈列在柜中的玩具看起来比拿在手中时美丽十倍。在两个孩子都够不到的橱柜顶层,摆放着由德罗塞梅耶教父亲手制作的精致的城堡,下一层是孩子们的图画书,最下面两层则任由他们按喜欢的方式摆放玩具。

兄妹俩达成了共识:哥哥弗里茨占据了上面那层,为他的士兵们安营扎寨;玛丽则把下面那层布置成了娃娃们的房间,里面小床、沙发、茶几一应俱全。圣诞夜,他们依然遵守这个约定。弗里茨把他的轻骑兵摆在了自己的那层架子上,玛丽则把新娃娃放在了小床

上，还给娃娃们准备了一碟糖梅子，这样她们万一夜里醒来也不会饿着。

在孩子们做这些事的时候，圣诞夜也在一分一秒地流逝。十二点的钟声即将敲响，教父已经离开很久了，可孩子们还是迟迟不肯离开橱柜。一反常态的是，弗里茨最终先答应去睡觉了，但睡前他必须对轻骑兵下达完命令，以免他们受到敌人的惊扰。玛丽恳求再晚些去睡觉，妈妈答应了，但她考虑到女儿可能会忘记熄灭蜡烛，所以只留了挂在天花板上的那盏灯，而把其余的灯火都熄灭了。

当玛丽发现只剩下自己时，她立刻赶到还包在手帕里的可怜的胡桃夹子身边，十分小心地把他放到桌上，解开手帕，检查了他的下巴。此时的胡桃夹子看上去依然很痛苦，但脸上却露着微笑。

"哦，我的小可怜，"她温柔地说，"别因为我哥哥把你伤成这样而生气。虽然他对你这么粗鲁，但他不是故意的。我会悉心照顾你，过几天你就会好起来的。至于把你的牙齿装回去、固定好你的下巴之类的事，就得拜托德罗塞梅耶教父了,他对这些事情可神通广大着呢。"

当玛丽提到德罗塞梅耶的名字时,胡桃夹子的表情突然变得异常可怕,目光也开始闪烁,吓得玛丽说不出话来,立刻后退了几步。但胡桃夹子几乎立刻就恢复了和善的表情和悲伤的笑容,这让玛丽觉得,刚才的一切也许是自己的想象——可能是闪烁不定的灯光让胡桃夹子的表情看起来有了变化吧。

玛丽甚至笑起自己来,自言自语道:

"我也太傻了吧,竟然会认为一个木头胡桃夹子会对我做鬼脸。"

她拿起胡桃夹子走向橱柜,敲了敲玻璃门,告诉里面的新娃娃,由于胡桃夹子还未康复,今天晚上得把床让给他,她只能睡在沙发上了。对此,新娃娃有些不高兴,但还是被玛丽挪到了一边。玛丽把胡桃夹子放到床上,细心地把毯子掖到他的下巴下面。她怕新娃娃会来捣乱,索性把床连同胡桃夹子一起移到了上一层,挨着弗里茨的轻骑兵驻扎地。然后,她把新娃娃放到沙发上，关上橱门，准备回自己的卧室睡觉。

突然，她听到椅子、炉子和橱柜后传来轻轻的抓挠声。挂在墙上的大钟（上面有一只镀金的猫头鹰，而不是德国老式钟表常见的布谷鸟）发出了呼呼的声音。玛丽瞥了一眼大钟，发现猫头鹰的一个翅膀垂落下来，遮住了大半个钟面。接着，从钟里传出的呼呼声越来越大，渐渐变得像是有人在说话：

大钟，大钟，呼呼低响。
鼠王有对灵敏的耳朵，
旧曲正为他吟唱。
敲吧，敲吧，大钟，
敲响他的最后一刻——
他已劫数在即。

紧接着，咚、咚、咚，大钟以一种沉闷、空洞的声音敲响了十二下。

玛丽着实被吓到了，当她正要跑出房间时，却看到（或者说她以为自己看到）德罗塞梅耶教父取代了猫头鹰端坐在大钟上，他的礼服尾部则取代了猫头鹰垂落的翅膀。玛丽对教父大声叫喊：

"您在那儿干什么呢，教父？快下来，别再吓唬我了，您也太调皮了。"

但这些话语一出，四周竟响起了刺耳的哨声和愤怒的吱吱声。一会儿工夫后，玛丽听到了无数小脚在墙后的疾走声；接着，她看到护墙板的裂缝里亮起无数小灯，但那些小灯其实都是小眼睛。仅仅五分钟的时间，数百只老鼠出现了，并排成了打仗的阵形，就像弗里茨让他的玩具士兵们排成的那样。发生的这一切对玛丽来说是那么滑稽可笑，她可一点儿没被这阵势

吓唬到。

突然，屋子里响起长长的、奇怪的哨声，与此同时，一块地板被地下的某种力量给顶了起来——七个脑袋上都戴着一顶王冠的鼠王出现在了玛丽的脚边。整个老鼠部队向鼠王行进，然后穿过地板来到对面的橱柜前。玛丽站在橱柜边，手肘不小心撞碎了一扇柜门的玻璃。老鼠们突然不见了，也许是被那玻璃破碎的声响吓到了。可就在此时，橱柜里传来了奇怪的呼喊声：

"武装起来！武装起来！"

与此同时，原本放在橱柜顶层、由教父制作的城堡里响起了音乐，各个方向都传来催促声：

"快，快起床，敌人来了！拿起武器！"

玛丽转过身来，只见橱柜里灯火通明，玩具们全都忙碌起来。所有的丑角[1]、小丑、潘趣和其他木偶都跑来跑去，一会儿跑到这里，一会儿冲到那里，鼓动

1　指在戏剧、哑剧或喜剧中常见的一种滑稽角色。

其他小伙伴一起行动。此时，娃娃们正准备用软麻布做成绷带给受伤的胡桃夹子包扎。胡桃夹子甩掉毯子，从床上跳起来，喊道：

"你们这些愚蠢的老鼠，快回到你们的洞里去，不然我可要来收拾你们了！"

就在这时，又一阵哨声在屋子里回响。玛丽发现，刚才那些被玻璃破碎声吓得躲到椅子和桌子下的老鼠，在听到哨声后又重新排好了打仗的阵形。而胡桃夹子呢，非但没有受到哨声的惊扰，反而重新蓄满了勇气。

"可悲的鼠王！"他大吼一声，"原来是你！来吧，让我们今晚就决出胜负。而你们，我的好朋友们，我的伙伴们，在这生死攸关的时刻为我撑腰吧！支持我的人都跟随我吧！"

从来没有哪个宣言有如此人的号召力。两个丑角、一个小丑、潘趣和其他三个木偶异口同声地大声说：

"遵命，大人，我们会永远追随您，无论生与死！我们将听从您的命令出征，与您共存亡！"

听到这话，胡桃夹子激动不已，他一把抽出宝剑，完全没有意识到自己所处的可怕高度,就从架子上一跃而下。一旁的玛丽意识到,胡桃夹子很可能会因这危险的一跃而摔得粉身碎骨,吓得尖叫起来,好在下层的新娃娃从沙发上跳起来,及时用手臂接住了他。她对胡桃夹子说:

"天哪!大人,您还伤着、痛着,怎么又这么一头闯进新的危险之中。既然您是总司令,那就该指挥好您的部下们去打仗!您的英勇大家都知道了,可用不着再证明了!"

接住胡桃夹子的娃娃叫克莱尔,此刻她正尝试着用她的臂膀死死抱住勇猛的胡桃夹子,可他却拼命地踢呀,蹬呀,无奈之下,克莱尔只得放开了他。胡桃夹子从她的臂弯中挣脱出来,然后以最优雅的姿态跪倒在她的脚边:

"公主殿下,虽然您曾对我不公,但即使在战场上,我也会永远记住您。"

克莱尔尽力俯下身子,把胡桃夹子拉了起来。然后,她摘下了缀满亮片的束腰带,做成了一条披巾,准备披在胡桃夹子的肩膀上。可胡桃夹子却连连后退，鞠躬示以最真诚的感谢，随后他解开先前玛丽绑在他下巴上的白丝带，轻吻了一下，把它系在了自己的腰上。

接着，胡桃夹子如鸟儿般轻盈地从架子上跳落到地面上。稳稳当当地着陆后，他挥舞起手中的剑。霎时间，吱吱声再次响起，而且更肆无忌惮了。鼠王仿佛在回应胡桃夹子的挑战，从房间中央的桌子下冲了出来，身后跟随着他的主力部队。与此同时，军队的左翼和右翼也从他们躲藏的扶手椅下面冲了出来。

第四章
胡桃夹子大战鼠王

"号角手,吹响冲锋号!击鼓手,擂起鼓来!"胡桃夹子呐喊着。

顿时,弗里茨的轻骑兵奏响了小号,步兵中的击鼓手也敲起鼓来,炮车的滚轮声隆隆作响。与此同时,一支军乐队不知怎么组建起来了,他们的音乐无疑激发出了那些向来喜欢太平盛世的玩具的战意,因为这是一支由丑角、小丑和潘趣组成的自卫军。他们操起一切拿得动的家伙武装自己,很快就做好了迎战的准备。

所有人都蠢蠢欲动,连厨子都离开灶头,拿起烤肉扦子兴冲冲地赶来助阵,那扦子上面还串着烤了一半的火鸡。胡桃夹子则冲在英勇的自卫军的最前方。

自卫军率先准备就绪，这实在让正规军感到羞愧。

其实，弗里茨的步兵和骑兵之所以没能像自卫军一样迅速集合应战，只是因为他们都被关在了四个盒子里，即使他们听到军号声、击鼓声的召唤，也没法出来。玛丽能听到他们在盒子里骚动的声音，终于，被关得没有那么严实的掷弹兵成功地顶开了盒盖，然后帮忙放出了步兵。而这些步兵深谙骑兵对战争的重要性，接着放出了轻骑兵，轻骑兵慢跑着分成四列纵队，准备从侧翼进攻敌军。

这些正规军很快就把落下的时间追了回来。步兵、骑兵、炮兵在娃娃们的掌声中如雪崩般冲了下来，娃娃们除了为战士们拍手加油，还在他们经过时扯着嗓子呐喊助威。

同时，鼠王也看出他所面对的是兵种齐全的一整支军队。胡桃夹子和勇敢的自卫军站在中央，左翼是等待进攻的轻骑兵团，右翼是令人生畏的步兵营。与此同时，在脚凳上立着一排能够掌控整个战局的十门大炮。不仅如此，还有一支由姜饼人和各种颜色的糖

果组成的强大的后备军,他们在橱柜里待命,此刻已经忙碌起来。鼠王和他的部队已经行进到了无法撤退的地步,他发出吱吱声作为信号,立刻,他麾下的部队都重复了这一信号。

脚凳上的大炮予以炮声回应,轻骑兵也发起了首轮进攻。空气中满是战马扬起的灰尘和火炮产生的烟雾,玛丽看不清即时战况,但她能从战场的嘈杂声中清楚地分辨出胡桃夹子的声音。

"丑角中士,"他喊道,"带二十个人去攻击敌军的侧翼!潘趣中尉,组建一个方阵!木偶上尉,排成一

排开火!轻骑兵团上校,带领士兵们一起冲锋,别再分成四列!好极了,我的好兄弟们,要是整个军团都如你们这般勇猛,今天就是我们的胜利日!"

被击退的老鼠们一次次重新冲出来发动猛攻。场面正如骑士时代的战斗,全是激烈的肉搏,每一位战士都忙着进攻或防守,根本没时间去顾及周边的情况。胡桃夹子徒劳地尝试指挥战斗。轻骑兵的队伍被冲散了,完全无法集结在他们的上校周围,因为敌军的一个营切断了他们和主力部队的联系,甚至已经打到了自卫军中，而自卫军正展现出不同寻常的勇猛。看！临时加盟自卫军的厨师正用他的烤肉扦子驱散老鼠军团的队伍。

丑角中士和他的二十名部下被击退了，只得在大炮的掩护下撤退；潘趣中尉的方阵也被打散，他的部下四处逃散，使得自卫军一片混乱；木偶上尉的排显然子弹不足，已经停止开火，全面撤退。由于这些部队纷纷撤离战线，炮兵团暴露无遗，鼠王意识到夺得大炮才是制胜关键，命令他的精锐部队大举进攻。脚凳被猛攻，炮兵们在他们的大炮旁被冲散。其中一名炮兵竟点燃了他的火药车，与二十名敌军一起同归于尽。

然而，要对付这么多的敌人，光有勇气可不够。很快，胡桃夹子麾下的部队就被他们自己的大炮连连炮轰——敌军已然占领了脚凳阵地。

至此，战局已定，鼠王大胜。胡桃夹子此刻只能考虑如何体面地撤兵。为了给他的部队喘息的机会，他召集后备军赶来救援。姜饼人和彩糖战士第一时间响应，从橱柜上跳下来加入战斗。他们虽然浑身是劲，却是毫无经验的新兵。姜饼人行动笨拙，左右乱打一气，虽然打伤了敌人，但也打伤了自己人。彩糖战士不屈不挠，但他们中有国王，有骑士，有蒂罗尔人，有花匠，有爱神丘比特，有猴子，有狮子，甚至还有鳄鱼，彼此之间太不一样了，因此他们无法统一作战步伐，战斗力近乎零。当然，他们的救援也并非完全没有效果。鼠王的士兵一尝到姜饼、彩糖这些美味，就撇下了他们咬不动的轻骑兵和步兵，也撇下了肚子里塞着木屑的丑角、潘趣和厨师，转而集结力量猛攻不幸的后备军，最终把他们全部吞下了肚子。

　　胡桃夹子试图再次召集人马重整部队，但目睹了后备军的全军覆灭后，即便是再勇敢的玩具，心中也不免产生了阴影。木偶上尉的脸色苍白如纸，丑角已经衣衫褴褛，潘趣甚至被一只老鼠咬伤了后背。老鼠们不但俘虏了轻骑兵团的上校，还用缴获的马匹组建了一支他们自己的骑兵队。不幸的胡桃夹子如今没有一丝反败为胜的机会，连光荣撤退都成了难题，因此他索性冲在了一小支敢死队的最前方。

与此同时，恐惧也在娃娃们中蔓延。她们吓得使劲扭绞着双手，边哭边喊。对于胡桃夹子来说，雪上加霜的是，原本效忠于他的几个朋友也背弃了他。剩下的轻骑兵躲进了橱柜里，士兵们全都落入敌人手中，炮兵团早就被打散了。自卫军也早已被击溃，但他们就像斯巴达国王列奥尼达手下的三百名勇士一样，宁可死在疆场，也绝不后退半步。

胡桃夹子走投无路，身后就是橱柜，他很想爬上去，但没有娃娃们的帮忙，再怎么努力也只是徒劳——娃娃们早就吓晕了。他拼尽全力做最后的尝试，痛苦而绝望地高喊道：

"马！来匹马！我愿意用我的整个王国换一匹马！"

可胡桃夹子的呐喊声没有得到任何回应，反而把他自己出卖给了敌人。步枪队的两只老鼠拽住了他的木制斗篷，鼠王见状，对他们大喊道：

"你们给我听着，我要活的，活的！我要亲自为我的母亲报仇！今后若再有一个胡桃夹子胆敢进犯我们老鼠家族，他的下场就是榜样！"

说着，鼠王冲向了被俘的胡桃夹子。

玛丽见状，再也坐不住了。

"天哪，我可怜的胡桃夹子！"她惊叫起来，"我是如此爱你，怎么能眼睁睁看着你送死！"

就在那一刻，玛丽完全是下意识地脱下了自己的一只鞋，使出浑身的力气扔了出去。她的眼力还真是精准，鼠王被一举击中，翻滚着逃走了。刹那间，鼠王和他的部队，征服者与被俘者，都一齐消失了，就像被施了魔法一般。玛丽感到手臂一阵剧痛，竭力想够到扶手椅坐下来，可她彻底没有了力气，晕了过去。

第五章
奇怪的歌

当玛丽从沉睡中醒来,她发现自己躺在床上,明媚的阳光透过布满白霜的窗户洒落在她身上。她一眼便认出床边坐着的是她的家庭医生。玛丽刚一睁开双眼,家庭医生就小声说道:"她醒了。"

她的妈妈闻讯来到床边,焦急地注视着女儿。

"妈妈,"玛丽呼唤道,"是不是所有的老鼠都跑了?我的胡桃夹子得救了吗?"

"亲爱的女儿,别再胡言乱语了。我倒想知道,老鼠和胡桃夹子是怎么扯到一块儿的?你真是把我们吓坏了。昨晚你玩玩具玩到半夜,可能就这么玩着玩着睡着了,然后或许有只小老鼠吵醒了你,把你吓到了。总而言之,你的手肘撞碎了橱柜的玻璃门,被严重割伤了。感谢上帝，幸好我夜里醒了，想起来我去睡觉时你还在玩，就下楼来看看你睡了没，结果发现你竟然趴在地上，身边都是娃娃呀，木偶呀，玩具士兵呀，还有姜饼人和轻骑兵——玩具们全都乱七八糟地散落一地，只有胡桃夹子被你搂在怀里。可问题是，究竟发生了什么事，让你把一只鞋脱了，而且鞋子居然落在离你这么远的地方？"

"妈妈，"玛丽想到昨晚发生的大战，不禁一颤，向妈妈诉说道，"您看到的这些都是昨晚玩具和鼠王之间大战留下的痕迹。我之所以把一只鞋从脚上脱下来扔出去，是因为看到大获全胜的鼠王正要去亲自抓捕那可怜的玩具首领胡桃夹子。至于之后发生了什么，我就不知道了。"

"忘了这一切吧，玛丽。所有的老鼠都走了，你的胡桃夹子这会儿也安全、惬意地在橱柜里待着呢。"

玛丽意识到没人相信她的故事，便一言不发，悉听尊便。既然胡桃夹子已经逃脱了鼠王的魔爪，此刻她迫切地想要起床去看望他，这才是她眼下唯一在乎的事情。但她的手臂受了伤,连着许多天,她不得不卧床休养。对她来说,每分每秒都是那么难熬,她每天都盼望着晚上的到来,因为那时候妈妈会来到她床边给她讲故事。

一天晚上,妈妈刚讲完法卡丁王子的故事,门开了,德罗塞梅耶医生走了进来。玛丽一看到他的玻璃假发、黑色的遮眼布和黄色的长礼服,那一晚胡桃夹子在与鼠王的大战中惨败的记忆便不由自主地涌上心头。玛丽忍不住大叫起来:

"天哪,德罗塞梅耶教父,您真是太讨厌了!那晚我清清楚楚地看见,您就坐在我家的大钟上,礼服盖住了钟面,然后钟就不敲了,不然老鼠早就被吓跑了。您为什么不来给胡桃夹子助阵呢?就是因为您不来帮忙,我才受了伤,到现在还躺在床上。"

玛丽的妈妈听了这些话,很是震惊,低声说:

"你在胡说些什么呢,玛丽?你疯了吗?"

"没有。"玛丽反驳道,"教父知道,我说的是事实。"

但教父一言不发,而后他忽然哼唱起一首歌:

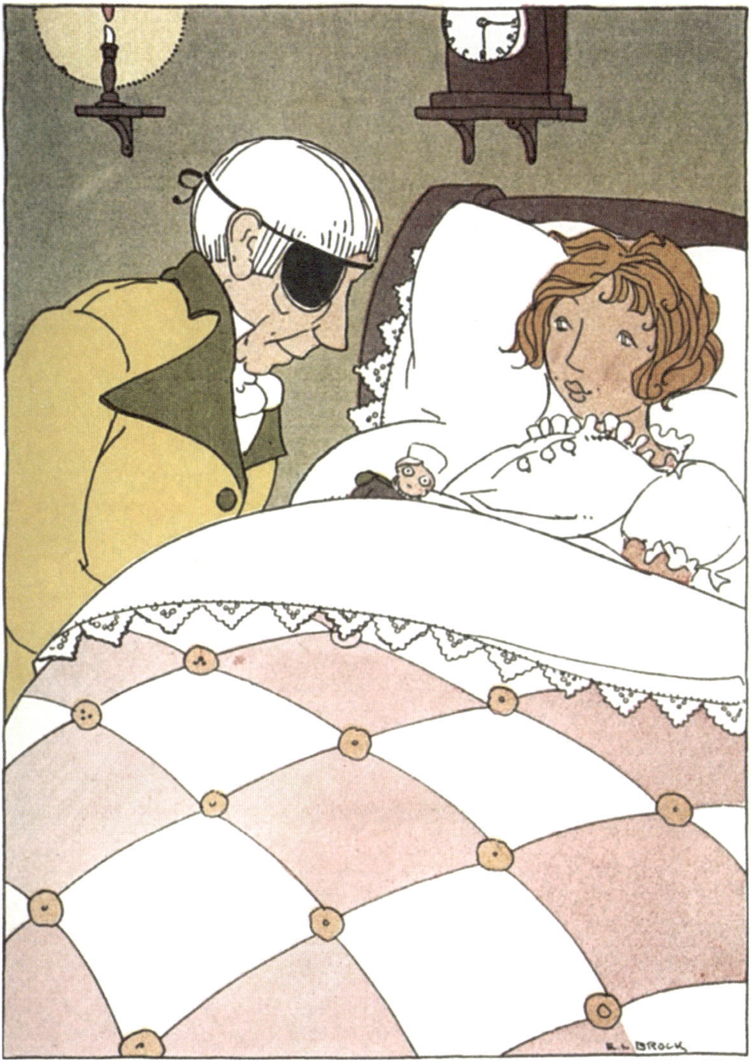
BROCK

大钟敲响,

沉闷又沙哑;

前进,后退,

英勇无畏的部队。

低沉的钟声四处回荡,

就在这午夜时分,

猫头鹰的尖叫声,

让国王亲自上阵。

大钟敲响,

沉闷又沙哑;

前进,后退,

英勇无畏的部队。

歌声刚落,弗里茨叫嚷着跑进了屋子:
"德罗塞梅耶教父,您唱的这首歌好奇怪呀!"
法官夫人一脸严肃地补充道:
"这首歌确实很怪异。"
"奇怪什么?"德罗塞梅耶医生回答,"难道你们就没听出来，我每次给你们修钟时都会习惯性地哼唱这首歌？"

接着他来到玛丽身边坐下，说道：

"别因为我没把老鼠们吓跑而生我的气。我很清楚我在做什么，我也很想跟你解释清楚，且听我慢慢告诉你一个故事。"

"什么故事？"玛丽问道。

"卡拉卡塔克胡桃和帕利帕廷公主的故事。你听说过吗？"

"没有，"玛丽一听教父要主动给她讲故事，感觉他俩又是好朋友了，"快快快，您快说。"

"亲爱的医生，"法官夫人说，"我可不希望您的故事跟刚才唱的歌一样令人伤感。"

"不，不会。"德罗塞梅耶医生答道，"正相反，这故事很有趣呢。"

两个孩子都嚷着要教父赶紧开讲，接下来就是他所讲的故事。

第六章
血肠引发的祸事

不久前,在纽伦堡附近,有一个小小的王国,不是普鲁士,不是波兰,也不是普法尔茨的一部分。国王的妻子,也就是王后,生下了一个小女孩,这位小

公主受洗时获名帕利帕廷。

国王闻讯,立刻赶来公主的摇篮边探望,跑得气喘吁吁的。拥有一个如此可爱的孩子,国王高兴得忘乎所以,欢呼雀跃,在屋子里手舞足蹈,最后他一只脚跳了起来,嘴里还喊着:

"瞧瞧,普天之下,谁曾见过和我的帕利帕廷一样美丽的女孩!"

接着,国王的大臣们、将军们、国务官员们、大

法官们和顾问们，全都跟着他在屋子里又跳又唱：

"不，从来没有，国王陛下，这世间从来没有诞生过跟您的帕利帕廷一样美丽的女孩！"

虽然你可能会觉得惊讶，但这些赞美的确没有半点吹嘘，因为帕利帕廷公主真的无比美丽，世间无人能及。她的脸庞如同最柔软的绸缎，她的眼眸蓝得那么纯洁、那么明媚，她金色的头发打着那么精巧的卷儿。此外，请你记住这一点：公主出生时便长着两排珍珠般洁白无瑕的牙齿。当大法官由于近视看不清小公主的样子，于是俯下身子，凑近了想仔细瞧瞧时，他的手指竟然被刚出生两小时的公主狠狠地咬住了，痛得他失声大叫："哦，天哪！真是见鬼了！"不过也有人说，他只不过是"噢，噢"嘟囔了几声而已。对此，大家众说纷纭，谁也不让谁，但可以达成共识的是，公主不仅美丽，脾气也不小呢。

举国欢庆，唯独王后焦虑不安，没人知道是什么缘由。让众人更为吃惊的是，这位母亲十二分谨慎地看管着摇篮。事实上，除了每扇房门外把守的士兵和两个专职保姆外，王后又专门找了六个保姆围坐在摇篮边，晚上另有六个保姆来替换白天当值的保姆。最令人匪夷所思的是，这六个当班的保姆每人都必须抱着一只猫，还要整晚抚摸他，让猫儿能不间断地发出呼噜声。这可一定得跟你解释一下原因。

有一天，有六位了不起的国王心血来潮，前来拜访帕利帕廷公主的父亲，那个时候公主还没出生。跟随他们一起到来的还有一众王子、继承人和公爵等，都是最受尊敬的人。殷勤好客的国王当然准备花费大笔钱财招待他们，更少不了举行比赛和盛宴。这还不止，他从王室厨房的主厨那儿得知，王室御用星象师宣布这时恰是杀猪的好时机，并且从星象看，这一年是做香肠的绝佳年份。

于是，国王下令杀了很多猪。然后，他坐着御用马车，亲自拜访了所有留在王都的国王和王子，并向他们发出择日与他共进晚餐的正式邀请。他决心让这些宾客为他精心准备的盛宴所惊艳。他一回到王宫，就来到王后的寓所，用上了他一贯用来哄王后为他效

劳的甜言蜜语:

"我亲爱的王后,你没有忘记我有多么喜爱血肠吧?你肯定没有忘记吧?"

王后一听,就明白了国王想让她做什么。她必须马上行动,像之前多次做的那样,用自己尊贵的双手做出尽可能多的血肠和香肠。她以笑容回应国王的诉求,尽管她作为王后身份高贵,但她并不太在意旁人在她头戴王冠、手持权杖时献上的赞美,而是更喜欢他人对于她制作血肠一类美味佳肴的手艺的称道。因此,她优雅地向丈夫行了屈膝礼,表示自己非常乐意为他制作他想要的血肠和香肠。

于是,大司库奉命将一口巨大的珐琅锅和几口银制大炖锅送到王室厨房,以供王后使用。厨房里用檀香木生起了旺火,王后穿上了洁白的贡缎围裙,一会儿工夫,珐琅大锅里就飘出了浓浓的肉香味。这香味沿着长廊弥漫开来,很快就飘到了所有的屋子,最后抵达国王的朝堂,此刻他正在举行会议。

飘来的肉香味让国王欲罢不能。但他是一名以自律出名的明君，所以忍耐了许久，没有马上冲去厨房。但最终，肉香味的诱惑还是突破了他内心的防线。

"绅士们，"国王从王座上起身，说道，"若你们允许，我要离开一两分钟，还请你们稍等我片刻。"

然后，他忙不迭地冲出朝堂，沿着长廊来到厨房，轻柔地拥抱了妻子，用他的金色权杖搅了搅珐琅锅里煮着的食物，趁机尝了尝锅中的美味。冷静下来之后，国王回到他的朝堂上，继续刚才被打断的议题，虽然此时他已经完全心不在焉。

国王刚才离开厨房时，切成小块的肥肉正要被放到银制的网格上炙烤。在国王赞美之词的鼓励下，王后开始操作这最重要的步骤。当第一滴油脂掉落在烧得正旺的木炭上时，王后听到了一个吱吱的声音：

> 我挚爱的姐妹，请赠予鼠后我，
> 一片烤得香喷喷的肥肉。
> 于我而言，一顿美味何等珍贵，
> 您若能分我一份，我将感激不尽。

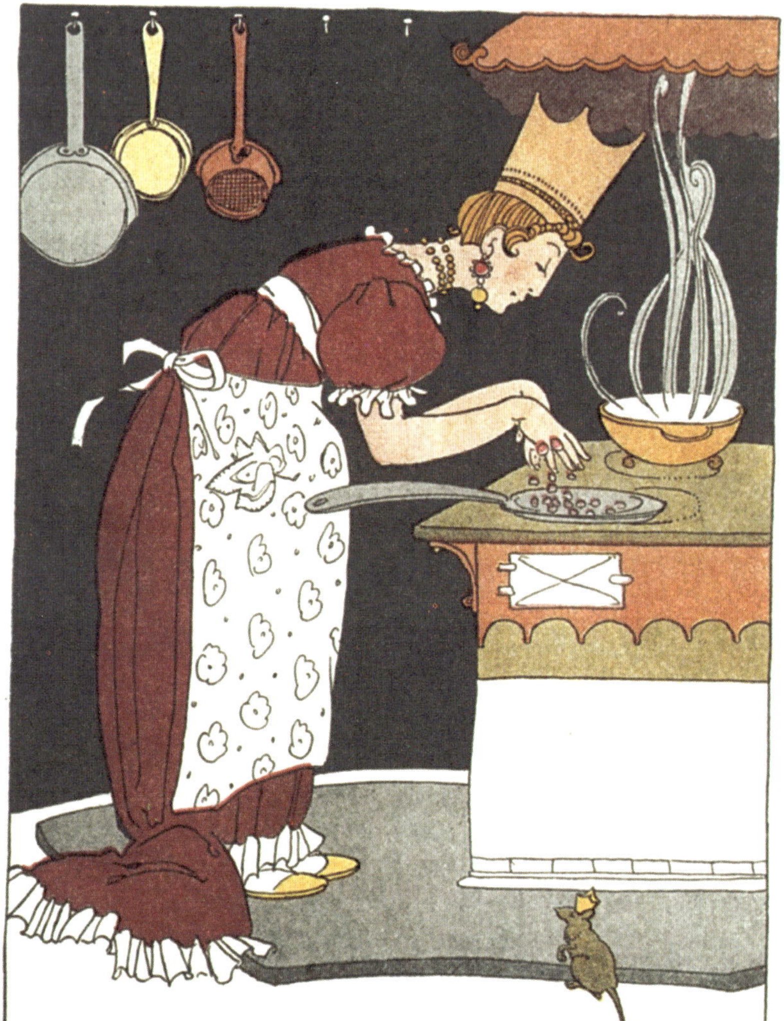

王后立刻听出，说话的是常年生活在王宫的圣鼠索瑞可妮。她号称自己是王室亲戚，是老鼠国的鼠后，统领着厨房壁炉后的一大片地盘。

虽然王后可不认这个老鼠妹妹，也不觉得她算什么鼠后，但是王后心肠柔软，本性善良，所以还是偷偷给过这老鼠许多美味的小点心。挑剔的国王先前经常谴责王后干这些自降身份的事，但眼下，王后实在无法昧着良心拒绝这个小东西的央求，于是说道："来吧，小老鼠，别害怕。我准允你尽情品尝这些肥肉。"

老鼠一听，欢欣雀跃，跳上炉灶，伸出小爪子抓住王后给她的几片肥肉。但她兴奋的叫声和肉香味传到了她七个儿子的耳朵和鼻孔里，又传到了她的亲朋好友那儿。要知道这些家伙个个都胃口极大，看到肥肉都贪婪无比地直扑而上。王后虽然热情好客，但也不得不提醒他们，若再这样吃下去，做血肠的肥肉可就不够了。尽管王后发出了这样的警告，但老鼠们完全不听劝。要不是王后的喊叫声引来了主厨和手下，他们拿着刷子和扫帚把老鼠们赶回了壁炉后面，肥肉肯定会被吃个精光。

老鼠们最终被赶走了,可这胜利来得太晚了。做血肠的肥肉只剩下四分之一,更别说做香肠了。剩下的肉由火速赶来的王室御用精算师做了科学的分配,一部分送到做血肠的珐琅大锅里,另一部分送到两个做香肠的炖锅里。

半小时后,礼炮响起,号角声、鼓声齐鸣。来访国的国王、王子、世袭公爵及继承人陆续抵达,这些王公贵族都盛装出席,有的乘坐水晶马车,有的骑着高头大马。国王站在王宫外的台阶上,以最高的礼仪欢迎来宾,然后亲自带领这些贵宾抵达宴会厅。国王头戴王冠,手持权杖,端坐在餐桌的主席位,其他宾客也陆续按级别入座。

餐桌布置得富丽堂皇,汤品和菜肴井然有序地上桌。但当轮到上香肠时,国王变得面色苍白;血肠上桌后,他抬眼望天,重重地叹了口气,强烈的悲伤似乎要把他撕裂。最后,他往后一倒靠在椅背上,掩面而泣。宾客们纷纷起身,焦虑地围在他身边。国王的症

状看起来很严重,御医甚至把不到这位不幸的国王的脉搏,他看起来像是被最巨大、最恐怖,却从未听说过的灾难吞噬了。

在尝试了把烧焦的羽毛放在国王的鼻子下、让他嗅盐、用钥匙推拿他的背部等诸如此类在当年专门应对疑难杂症的理疗后,国王似乎恢复了。他张开双眼,用小到几乎听不见的声音说:"肥肉不够。"

这话一出,轮到王后变得脸色煞白。她跪倒在国王面前,抽泣着说:

"天哪,我可怜的、不幸的陛下!都怪我,没有听从您一直以来的忠告!如今,我这个罪魁祸首就跪在您面前,任您惩办!"

"到底是怎么回事?"国王责问道,"发生了什么事,你竟没有告诉我?"

"陛下!"王后哀叹了一声,国王之前可从来没有对她发过这么大的火,"唉,都是那个圣鼠索瑞可妮,她的七个儿子,她的侄子侄女,她的朋友,吃掉了大半的肥肉。"

说到这儿,王后再也说不下去了。她浑身无力,晕了过去。

国王勃然大怒,站起来,歇斯底里地吼道:

"王室御用管家必须对此给出解释!"

御用管家把她知道的都说了。当时,她被王后的喊叫声吓到,看到王后被整个老鼠家族团团围住,她连忙召集了主厨和手下，才把这些强盗赶回壁炉后。

国王意识到这是一起严重的叛国案，恢复了威严和冷静，立刻召集他的大臣们前来觐见。大家齐聚一堂，情况也都被说清道明了。大多数人都认同：圣鼠索瑞可妮，吃了原本用来为国王做香肠和血肠的肥肉，应该受到审判；若最后被定为有罪，她和她的整个家族都应被逐出王国，他们所有的资产都将被没收！

国王随后补充道，在审讯期间，圣鼠索瑞可妮和她的亲朋好友将会有足够的时间把王室厨房的肥肉都吃光，这么一来，他又将面临刚才在六位国王（更别提那些王子、世袭公爵和继承人了）面前经历过的窘境了。于是大臣们直接投票表决，当然这只是走个形式，国王心里想要自由裁量权，大家都心知肚明，所以投票表决以绝大多数通过的结果达成了国王的心愿。

表决一通过，一道加急命令就被下达，最快的一辆马车被派了出去。但信差比马车更快，一封急信被送到了纽伦堡一位名叫德罗塞梅耶的手艺人手中。这名手艺人被要求以最快的速度赶往王宫。德罗塞梅耶接信后立刻遵命出发，他确信国王是想让他赶去制作一些艺术品。就这样，他上了马车，日夜兼程，抵达了国王的王宫。

事实上，他出发得如此仓促，都没有时间换上他最常穿的黄色长礼服。但国王并没有因为礼节问题而生气，相反，他很满意手艺人能火速赶到。如果这位大名鼎鼎的手艺人有任何疏漏之处，那也是因为他如此急切地遵从了国王的命令。

国王一见到德罗塞梅耶，就把他请到了自己的书房，说明了此番请他前来的目的。国王已经下定决心，要把老鼠们通通赶出他的王国。国王对德罗塞梅耶说，正是因为他的高超技艺名声在外，所以选择了他来执行正义。国王唯一担心的是，这位手艺人尽管技艺高超，但在平息王室怒火时仍可能遇到难以克服的困难。但德罗塞梅耶向国王再三保证，一个星期后，他的王国里将再也见不到一只老鼠。

当天他就开始工作，着手制造一大批精巧的长方形盒子，每个盒子里都用金属丝绑着一小块肥肉。无论是谁，一旦咬住肥肉，这个小偷身后的门就会关上，把他变成瓮中之鳖。不到一个星期，一百个这样的盒子就被制作出来。不仅壁炉后，王宫里所有的橱柜和地窖里都摆满了这种盒子。

狡猾的圣鼠索瑞可妮绝不会轻易上当。她第一眼看到德罗塞梅耶打造的这种盒子，就识破了圈套。因此，她把她的七个儿子、侄子及表亲堂亲等全都召集到自己跟前，告诫他们千万要警惕这些为他们精心设计的陷阱。起初，出于对鼠后身份和她执政这么多年的尊重，大家看似听进了她的忠告，但随后便一边嘲笑着她的多虑，一边转身离去。肉香味实在诱人，老鼠们决定将鼠后的警告抛之脑后，拼了命也要尝尝这天上掉下来的馅饼。

二十四小时后，鼠后的七个儿子、十八个侄子、五十个表亲堂亲、二百三十五个其他亲戚，以及不计其数的其他老鼠，都一一落入陷阱，蒙羞而亡。

至此，圣鼠索瑞可妮带着她所剩无几的眷属，决定舍弃这个血流成河的伤心地。这个消息很快传到了国王的耳畔。国王对此非常满意，宫廷诗人还创作了十四行诗以贺胜利，朝廷上甚至拿他与亚历山大大帝和恺撒大帝相提并论。

唯有王后独自忧心忡忡。她知道圣鼠还活得好好的，将来一定会回来为儿子和这么多至亲的死报仇。事实上，正当王后为了弥补她之前犯的错，亲手为国王烹饪他钟爱的肝汤时，圣鼠索瑞可妮突然出现在她面前，说了如下一席话：

> 你的丈夫，丧心病狂，
> 杀害了我亲爱的儿子、表亲、堂亲和侄子；
> 可是，王后啊，为你将来的命运颤抖吧，
> 你即将出生的挚爱，

将承受我复仇的怒火。

你的丈夫拥有城堡、大炮和高塔，
拥有智计百出的谋士、全副武装的军队，
还有满朝文武、各派工匠、遍地的捕鼠器与陷阱；
而我，虽一无所有，
但上苍给了我坚固锋利的牙齿，
足以咬死所有的王室血脉。

　　说完这些话，圣鼠便消失在王后眼前，后来再没人见过她。但是，正怀着第一个孩子的王后却无法摆脱这番话的困扰，以至于把肝汤倒进了火炉里。
　　就这样，圣鼠第二次剥夺了国王享受钟爱美味的机会。国工虽然对此恨之入骨，但看到老鼠们已经从他的王国里被扫地出门，胸中的怒火也稍稍得以平息。
　　毋庸置疑，德罗塞梅耶得到了丰厚的嘉奖，带着胜利回到了纽伦堡。

第七章
公主的怪病

所以，王后对帕利帕廷公主如此严加看管的原因就可想而知了：她害怕圣鼠前来复仇。更让她不安的是，德罗塞梅耶发明的捕鼠器对既有学问又懂得学以致用的圣鼠完全无效。

在这种关键时刻，王室御用星象师担心他若不给出些建议，他的乌纱帽可就要保不住了。于是，他说自己之前从星象上解读出，守护公主摇篮的重任只能由一个叫摩尔的知名猫家族的猫来担当。正因如此，六个守护公主的保姆都必须各自把一只猫抱在腿上。这些猫当初被召进王宫是为了日常给人暖腿的，而现在抱着他们的保姆们还得轻柔地抚摸他们，以缓解他们执行任务时的压力。

但总有些时候，人不免打瞌睡。一天晚上，这种情况就出现了，虽然大家很努力想保持清醒，但六个保姆都困意绵绵。每个保姆都想着不能被旁人发现自己犯了困，结果她们一个接一个地耷拉下眼皮，抚摸猫的手随之停了下来，没有人抚摸的猫咪们也睡意难挡。

没人知道她们就这样睡了多久。到了午夜，有一个保姆被惊醒了。但其他五人都还睡着，睡得可香着呢，连呼吸声都听不见。醒了的保姆惊恐地看见，一只硕大的老鼠就蹲坐在她身旁，然后跳进了摇篮里。保姆尖叫着跳了起来，其他保姆也都被惊醒了。没错，正是圣鼠索瑞可妮！她从摇篮里跳向屋子的一角，猫咪们随即扑了过去，但为时已晚，圣鼠钻进地板上的一个洞里，消失了。

与此同时，帕利帕廷公主也被各种喧闹声吵醒了，哭声震耳欲聋。听到公主的哭声，保姆们发出了欣喜的感叹。

"感谢上苍，"她们不约而同地说，"公主在哭，就

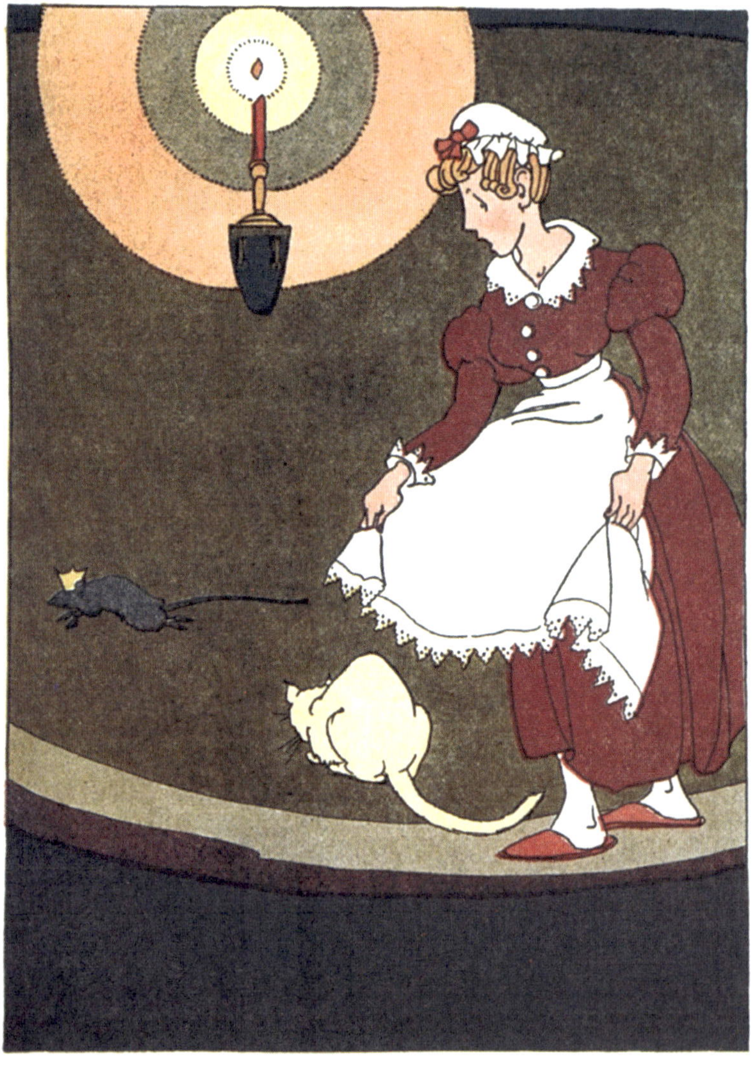

说明她还活着。"

她们冲向摇篮，然而那欣喜的感叹瞬间变成了惊慌的哭喊——之前那粉粉嫩嫩的小脸、碧蓝的明眸、金闪闪的头发不见了，只有一个浑身皱巴巴的小东西躺在摇篮里，与那个讨喜可爱的，国王、王后乃至朝廷上下无人不爱的小孩全无相似之处。

正在这时，王后走进了屋子。六个保姆赶紧下跪，六只猫蹑手蹑脚，想找到一扇正巧开着的窗好溜之大吉。可怜的王后一看到小公主的模样就晕了过去，不得不被抬到了寝宫。国王龙颜大怒，脸上流露出前所未有的巨大悲伤与绝望。随后的三天，他茶不思饭不想，只是不停地说：

"天哪，我是何其不幸的国王！命运为何对我如此残酷！"

或许他该记得，造成如今不幸的并不是命运，而是他自己。若当初他能满足于少了些肥肉的血肠，不去报复，不把圣鼠和她的家族赶尽杀绝，容他们安然栖身于壁炉后，可能就没有今天所有的不幸。但显然，帕利帕廷公主的父亲可没这么想。

相反，他深信自己是伟大的君主，所有的不幸都应归咎于旁人。于是，国王把这一切都怪罪于手艺人德罗塞梅耶。可以肯定的是，若德罗塞梅耶事前知道来到王宫会被绞死或砍头，他是不会应邀前来的。因此，国王声称要授予他爵士头衔，这头衔是刚刚为作家、艺术家和手艺人而设立的。

人总是很容易骄傲自满，德罗塞梅耶也不能免俗。他觉得他的黄色长礼服配上一条新绶带一定很好看，于是立刻出发了。但很快他的喜悦就变成了恐惧，因为有几名士兵前来"迎接"他，并把他押送到了王都。

国王害怕自己最后会心软，所以在德罗塞梅耶到达王宫后并没有召见他，而是下令让他直接去看帕利帕廷公主，并要求他在一个月之内恢复公主原来的美丽容貌；如果他做不到，就立即处决他，绝不留情。

德罗塞梅耶并不是什么不怕死的英雄，他向来都希望自己有个善终。所以，当接到这个命令时，他简直被吓坏了。尽管如此，他深谙自己的本事，于是鼓起了勇气。紧接着,他着手研究公主是否真的像他一开始认为的那样已经无药可救了。

他手法娴熟地首先检查了公主的头部,接着是四肢、关节和肌肉。但是他检查得越是仔细,就越发觉得公主先前美丽的容貌已经无法挽回。他只得把帕利帕廷公主放回摇篮,坐在她身边,陷入了深深的忧伤。

国王要求治好公主的时限在一天天临近,到了星期三,国王照例要查看公主的情况。当发现公主的容貌毫无变化时,他朝德罗塞梅耶挥舞着权杖,厉声说道:

"你最好抓紧时间!还有三天时间,三天后,也就是到星期日,若你还不能让公主恢复原貌,你就要人头落地!"

德罗塞梅耶心有余而力不足,他不知道怎么才能治好公主,伤心地抽泣起来。在他哭泣的时候,他的双眸透过泪珠,发现公主正在陶醉地咬着一颗胡桃,就好像是这世间最快乐的孩子。啊,他想起来了!公主一出生就长着牙齿。公主如此喜欢咬胡桃的事,让德罗塞梅耶如醍醐灌顶般豁然开朗。

事实上，公主自从容貌发生改变后，就一直哭闹不止，直到她偶然间在身边摸到了一颗胡桃。她立刻咬开外壳，吃掉果仁，然后转过身安安静静地睡觉了。从那以后，照顾公主的保姆们口袋里都装满了胡桃，一旦公主哭闹，就给她一颗。

"哦，神奇的自然啊，怜悯众生的造化啊！"德罗塞梅耶激动地惊呼道，"你已经为我指明了方向，我只需轻轻一推，便可打开秘密之门！"

听到这些话，国王大为震惊。德罗塞梅耶转身面向国王，要求他准允自己去找王室御用星象师。国王批准了，但必须有一名卫兵陪同他前往。德罗塞梅耶虽然更愿意自己只身前往，但鉴于王命难违，只能听从照办。于是，正如其他普通罪犯一样，他被"护送"着穿过了王都的街道。

一到星象师的家，德罗塞梅耶便主动上前与他相拥。他们可是旧相识，熟悉得很。然后他们来到一个私密的房间，查阅了涉及各个学科的大量书籍。

而后,夜幕降临。星象师爬上他的塔楼,在同样精通星象学的德罗塞梅耶的帮助下,确认公主所属的星座。要辨清诸多星球交错运行的轨道很费工夫,但他们终于看清,要打破公主身上的魔咒,使她恢复原有的美貌,就得让她吃掉可能是这世上最硬的胡桃的果仁。这种叫"卡拉卡塔克"的胡桃,外壳坚硬到一门炮弹四十八磅[1]重的大炮的轮子也碾不碎。

1　1磅约合0.45千克。

并且，这颗胡桃必须在公主面前由一个年轻男子打开，这名男子需此前从未刮过胡子，还得一直穿着靴子。最后，这名男子需闭上双眼向公主呈上这颗胡桃仁，接着继续闭着眼稳稳当当后退七步，千万不可摔倒。这就是星象提示的答案。德罗塞梅耶和星象师争分夺秒，奋战了三天三夜，才解开这个谜团。

到了星期六晚上，国王刚用完主食，正要开始品尝餐后甜点，德罗塞梅耶喜滋滋地步入御用餐厅，宣布他找到了恢复公主美貌的方法。一听到这个好消息，国王极其温柔而亲切地抱住了德罗塞梅耶，并询问究竟如何才能帮助公主恢复美貌。

于是，德罗塞梅耶向国王讲述了他和星象师解读星象后找出的方法。

"我就知道没有你办不到的事，德罗塞梅耶！"国王感叹道，"你先前之所以迟迟不告诉我，只是因为固执。不管怎么说，现在问题解决了，待我用完餐，我们就赶紧动手。我的好朋友，你可千万要谨慎小心，让那个从没剃过胡子、一直穿着靴子的年轻小伙子在十分钟内待命。还有,准备好那颗卡拉卡塔克胡桃。让那个小伙子千万别喝酒,不然后退的时候会像只龙虾一样晃悠。但你可以告诉他,一旦事情大功告成,他可以到我的酒窖里去,想喝多少喝多少。"

说完这番话,国王惊讶地发现,德罗塞梅耶好像被吓到了。他站在那儿,一言不发。国王不停地质问他,为何还站在那儿不说话,此刻难道不是应该火速行动起来吗?

"陛下,"德罗塞梅耶终于开口了,他跪了下来,说道,"我们确确实实是找到了治好公主的方法,但我们没有找到那颗胡桃和那个年轻人。我们根本不知道上哪儿去找他们,要找到他们恐怕比登天还难。"

一听到这些,国王勃然大怒,在德罗塞梅耶头上挥舞着权杖,吼道:

"很好,那你就准备受死吧!"

危急时刻,王后赶紧跪在了德罗塞梅耶旁边,恳请她威严的丈夫想一想,若是砍了德罗塞梅耶的脑袋,很可能失去拯救公主的最后一线希望。在王后看来,德罗塞梅耶既然找到了问题的答案，也就能找到那颗胡桃和那个年轻人。尽管目前还没有任何星象师所预测到的事情真正地发生过，但事情总会有头一次的，因此，他们得更加信任他，尤其是不久前国王刚授予他"大预言家"的头衔。

王后接着说，鉴于公主尚未到婚嫁年龄（她还只是个三个月的婴儿），到十五岁成年还有十四年九个月的时间，所以德罗塞梅耶和他的星象师朋友有充足的时间为公主寻找卡拉卡塔克胡桃和那个能打开胡桃的年轻人。因此，王后建议判德罗塞梅耶缓刑，缓刑期结束后，无论他有没有找到解救公主的胡桃和年轻人，他都应该回到王宫禀告国王。届时，他要么大受嘉奖，要么被就地正法。

国王是个公正的君主，再加上那天他刚好享用了他钟爱的肝汤和血肠，因此他欣然接受了睿智宽宏的王后的谏言。最终，他命令德罗塞梅耶和星象师立即出发去寻找那颗胡桃和年轻人，时限为十四年九个月，届时他们务必要完成任务，若空手而归，那么国王就要按他的意愿来处置他们。

但如果他们带回卡拉卡塔克胡桃，那么星象师将得到每年一万塔勒[1]的高薪以及一架荣誉望远镜，而德罗塞梅耶则将获得一把镶满钻石的宝剑和一枚国家最高等级的金蜘蛛勋章，以及一件全新的长礼服。

至于那个能打开胡桃的年轻人，国王确信能够通过定期在全国及其他各国的报纸上登报招募到合适的人选。

国王如此宽宏大量，还主动减少一半他们的任务，这不禁让德罗塞梅耶和星象师深受感动。于是，德罗塞梅耶立下誓言，若带不回卡拉卡塔克胡桃，就愿如古罗马舍己为国的雷古卢斯将军一般，任由国王处置。

就在那天晚上，星象师和德罗塞梅耶从王都启程，前去寻找那颗世上最硬的胡桃。

1　一种曾在欧洲使用了四百多年的银币名称及货币单位。

第八章
卡拉卡塔克胡桃

　　自星象师和德罗塞梅耶开始寻找那颗世上最硬的胡桃，十四年五个月过去了，然而他们一无所获。

　　他们首先走遍了欧洲各国，随后前往美洲、非洲，最后抵达亚洲。在漫长的旅途中，他们见识了各种形状、大小各异的胡桃，却始终未能找到卡拉卡塔克胡桃。他们在椰枣国王和杏仁王子的宫廷里逗留了好几年，却希望渺茫；他们咨询了著名的绿猴学院和久负盛名的松鼠博物学家协会，也一无所获。在一切努力都化为泡影后，疲惫不堪的两人来到了喜马拉雅山脚下一片广袤森林的边缘。他们互相提醒，寻找胡桃的时间已所剩无几，只有一百二十天了。

　　如果要把发生在他们身上的所有奇遇都娓娓道来，

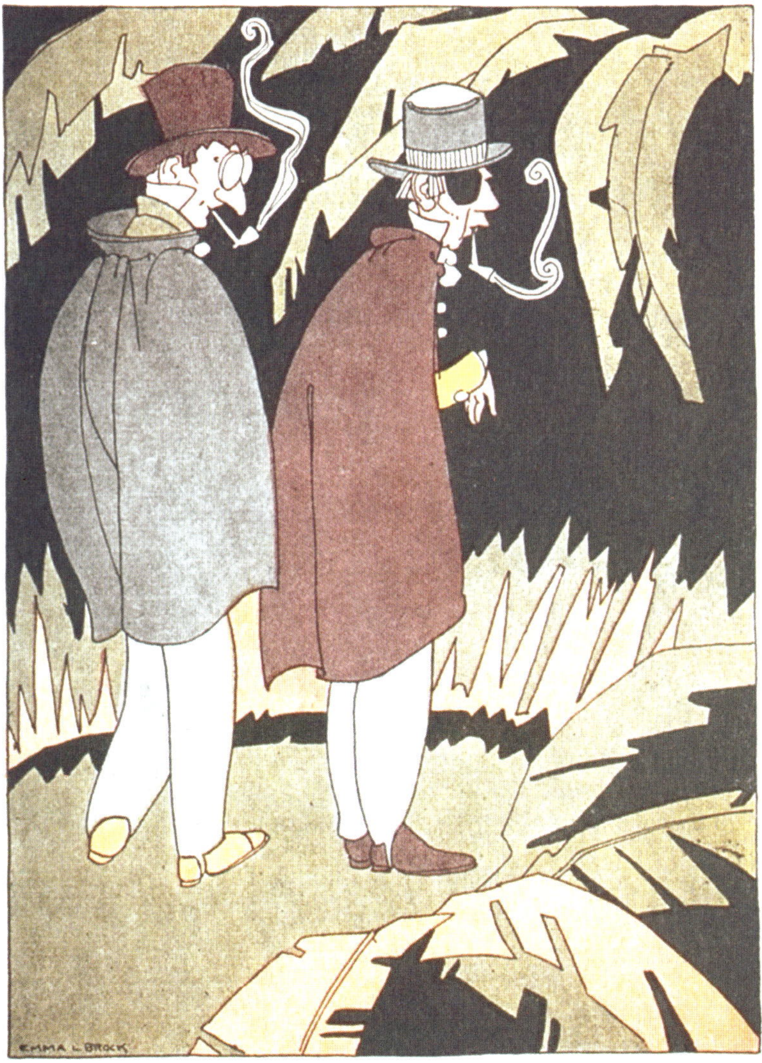
EMMA L. BROCK

那可得花上整整一个月的良宵，且会让人感到厌烦。不过，德罗塞梅耶在寻找卡拉卡塔克胡桃的过程中无疑是最为热心的，因为这关系到他的生死存亡。他比同伴更加拼命，也遭遇了更多的危险：在热带地区，他因中暑而掉光了头发；他的右眼被加勒比酋长一箭射瞎了；还有他的黄色长礼服，出发时本就不新了，如今早已破烂不堪。总之，他的境况真是糟透了。然而，尽管旅途中的各种意外让他伤痕累累，他也毫不在乎。随着归期临近，他内心的恐惧与日俱增：找不到胡桃，他就得赔上自己的命。

当然，德罗塞梅耶是个讲信用的人，绝不会违背自己立下的誓言。于是，他下定决心，无论付出什么代价都要立刻返回欧洲。他把他的决心告诉了星象师。天一亮，他们就朝着巴格达方向踏上了归途。到了巴格达，他们前往亚历山大，然后走水路到达威尼斯，再由威尼斯穿过蒂罗尔，最后进入了帕利帕廷公主的父亲统治的国度。他们心中暗自期盼国王已经死了，或是已经老糊涂了。

可哪有这么好的事呀！当他们到达王都后，可怜的德罗塞梅耶得知，备受尊敬的国王不仅精神矍铄，而且身体状况也前所未有地好。这样一来，德罗塞梅耶就没有理由逃脱死刑了，除非公主不治而愈（这显然是不可能的），或是国王突然心软（当然这种可能性也小得可怜）。

无论如何，德罗塞梅耶还是鼓起勇气，和星象师一起走进了王宫的大门，并请求面见国王，亲自向国王禀明这近十五年的寻找结果。向来亲民的国王下令，让王室最高礼仪师将这两个请求国王召见的陌生人带来觐见。礼仪师见到他们后回复国王，这两人衣衫褴褛，看上去一点儿都不像好人。国王却认为不该以貌取人，毕竟人不可貌相，海水不可斗量。礼仪师觉得这话言之有理，恭敬地鞠了一躬，然后就去把德罗塞梅耶和星象师请进了王宫。

国王面目依旧，但这两位历经千山万水之人已经与当年出发时判若两人，尤其是受尽磨难的德罗塞梅耶。因此，他们不得不向完全没认出他俩的国王报上姓名。见到归来的两人，国王发出了激动的感叹，因为他很确信，若没有找到那颗最硬的胡桃，他们不可能回来。但当德罗塞梅耶走到国王跟前，坦言虽然他和星象师如此虔诚、如此历尽艰险地寻找，却还是空手而归时，国王的希望瞬间破灭了。

众所周知，国王虽然喜怒无常，但心地善良。他还是被德罗塞梅耶信守诺言准时返回的行为打动了。因此，国王把德罗塞梅耶之前的死刑改为了无期徒刑，至于星象师，则改为了流放。对此判决，星象师已心满意足。

但离与国王原先约定的十四年九个月的时限还剩三天，深深牵挂着故乡纽伦堡的德罗塞梅耶请求回乡度过这剩下的时日。这个请求合乎人情，国王直接批准了，也没有额外要求他们立下返回的誓言。

德罗塞梅耶发现邮车上刚好还有两个空座，赶紧订了下来。由于星象师被判流放，流放地恰巧也是德罗塞梅耶的目的地，于是他们就一起出发了。

第二天上午大约十点，他们抵达了纽伦堡。对于德罗塞梅耶来说,这世上唯一的牵挂就是他的哥哥克里斯托弗。克里斯托弗在镇上开了一家知名的玩具店,两人就在他家门口下了车。

克里斯托弗见到德罗塞梅耶时惊喜万分,他本以为弟弟早就死了。当然,刚一见面时,他完全没认出眼前这个右眼上遮着块黑布的光头竟然是他的弟弟;但当他看到了那熟悉的黄色长礼服,虽然已破旧不堪但依然能看出原来的颜色,当他听这个人说了他们家族一些不为外人所知的事后,他很快就确认了眼前的人是自己的弟弟。然后,他便追问德罗塞梅耶为何会背井离乡这么多年,在哪儿掉光了自己的头发,是谁弄瞎了他的右眼,又是怎么把这件招牌礼服给磨破了。

德罗塞梅耶没有理由不把这些年经历的事情告诉自己的亲兄弟。他从他不幸的同伴说起,把事情的原委一一道来,最后他向克里斯托弗叹息道,自己就只剩下这几个小时与亲人相伴,之后就会因为没有找到卡拉卡塔克胡桃而被关进地牢。

在听故事的时候,克里斯托弗不止一次地抚弄拇指，一条腿转来转去，还发出啧啧声。如果是其他时候，德罗塞梅耶会问问他的哥哥这是在干什么，但此刻他满脑子都是自己的事，所以什么也没说。直到克里斯托弗发出两次"嗯！嗯！"和三次"噢！噢！噢！"的感叹声后，德罗塞梅耶再也忍不住，问他为什么要这样，克里斯托弗若有所思地回答：

"这事真是奇怪，如果……但是，不……那可是……"

"你到底是什么意思？"德罗塞梅耶问道。

"如果……"这位玩具商继续嘀咕。

"如果什么？"

但克里斯托弗并没有回答，而是把他的假发和帽子一起扔到空中，跳了起来。然后，他接着说：

"我的好兄弟，你有救了！你不用去坐牢，要是我没弄错的话，我有一颗卡拉卡塔克胡桃。"

顾不上多做解释，克里斯托弗冲出了房间，不到一分钟，他就拿着一个盒子回来了，盒子里有一颗镀金的看似榛子的坚果。他把盒子递给了德罗塞梅耶。

德罗塞梅耶不敢相信自己有如此好运，他小心翼

翼地拿起了这颗坚果,翻来覆去、一丝不苟地检查起来。然后,他宣布自己非常同意克里斯托弗的观点,这确实是一颗卡拉卡塔克胡桃。随后,他把这颗坚果递给星象师,征求他的意见。星象师也如德罗塞梅耶一样,十分仔细地检查了坚果,但他摇着头说:

"要不是这颗坚果镀了金,我就会同意你们的观点。我看了星象,没有迹象表明我们苦苦寻找的胡桃会有如此奢华的外饰。而且,你的哥哥是怎么得到这颗坚果的?"

"我会跟你们细说的,"克里斯托弗回答道,"我会告诉你们这颗坚果是怎么落到我手里的，以及它是怎么镀上金的。正是这层镀金让人没法完全把它辨认出来，但这层镀金并不是本来就有的。"

考虑到眼前的两位已经长途跋涉，历时十四年九个月，一定已经精疲力竭了，克里斯托弗请他们舒舒服服地坐下来，听自己慢慢说：

"就在国王打着授予你爵士头衔的幌子，派人来接你去觐见的同一天，有个陌生人来到了纽伦堡，他带来了一袋坚果，想把它们卖掉。但镇上的坚果商贩急于保住自己对坚果的垄断，就在我的店门口和他大吵了起来。陌生人为了方便保护自己，把他的坚果袋放在了地上。他们不停地吵着，路边的小男孩和其他旁观者都看得乐此不疲。这个时候，一辆满载的马车从坚果袋上碾了过去。

"商贩们看到这一幕，觉得是上天开眼帮他们报了仇，便息事宁人离开了。陌生人捡起地上的袋子一看，发现只有一颗坚果没有被压坏，就把它递给了我，脸上洋溢着神秘莫测的笑容。他让我买下这颗坚果，而且得用一枚 1720 年铸造的面值二十克鲁泽[1]的硬币。他还说，终有一天我会发现这买卖值了——不仅值了，还赚了。我摸了摸口袋，惊讶地发现，还真有这样一枚硬币。这巧合简直太神奇了，于是我把钱给了他，他把那颗坚果递给我后就走了。

"我把这颗坚果放在橱窗里出售，尽管我只想赚那么几克鲁泽，可是七八年过去了也无人问津。然后我就把它镀了金，以此提升它的价值，可是这么做不过是又浪费了我四十克鲁泽。正如你们看到的，这颗坚果到现在依然没有卖出去。"

克里斯托弗话音刚落，依然拿着这颗坚果的星象师突然欣喜若狂地喊了起来。原来刚才克里斯托弗在跟他俩讲述事情的原委时，他小心翼翼地刮掉了坚果表面的一些镀金，发现上面竟然用汉字刻着"卡拉卡塔克"。

至此，这颗胡桃的身份已不容置疑了。

1　德国旧时的货币单位。

第九章
穿靴子的年轻人

德罗塞梅耶兴奋至极,想赶紧去向国王禀告这个天大的好消息,并打算立刻坐邮车返回,但克里斯托弗劝他还是等自己的儿子回来再说。德罗塞梅耶觉得也有道理,毕竟他有十五年没见过自己的侄子了。

不一会儿,一个长相英俊、十八九岁的年轻小伙子进了屋,父亲把他介绍给叔叔德罗塞梅耶,让他与叔叔握手。可这位叔叔衣衫褴褛,头顶光秃,右眼上还遮了块黑布,看上去实在不是一个很有魅力的人。父亲很快就注意到了儿子的犹豫,担心弟弟的感情受到伤害,就把儿子推到了前面。

刚才介绍年轻人时,一旁的星象师一直在注视着他,这份过度的关注让小伙子备感尴尬,一心想着赶紧离开。星象师却穷追不舍地问了一大堆问题，从中得知他的妈妈非常醉心于从小就把他打扮成丈夫店里出售的各种玩偶的样子，有学院风的，有邮差模样的，有匈牙利民族风的，但不管什么打扮，总会搭配一双靴子。

"这么说来，"星象师对克里斯托弗说道，"你的儿子一直都穿着靴子？"

德罗塞梅耶睁大了双眼。

"我儿子除了靴子从不穿别的鞋子。他十岁的时候，我送他去外地上学，一直到他十八岁，这期间他没有染上任何坏习惯，什么酗酒呀，骂人呀，打斗呀，全都不沾边。他唯一的缺点是下巴上长了一缕小胡子，而且从不让理发师碰它们。"

"所以你的儿子从来没剃过胡子？"

"从来没有。"

"那么他假期都是怎么度过的呢？"星象师继续追问。

"他会到店里来帮忙。纯粹是出于好心，他会帮来店里买玩具的年轻姑娘们夹胡桃。正因如此，他有一个外号叫'胡桃夹子'。"

"胡桃夹子？"德罗塞梅耶惊叫起来。

"胡桃夹子？"星象师也跟着喊了起来。

他俩面面相觑。与此同时，克里斯托弗也狐疑地看着他俩。

"亲爱的朋友，"星象师先开了口，"在我看来，你的运气真是好得没话说。"

当然，克里斯托弗还有些摸不着头脑，但星象师打算明早再跟他一一解释。

当德罗塞梅耶和星象师被带进他们晚上下榻的房间后，星象师抱住了他的朋友，感慨道：

"是他！我们要找的就是他！"

"你也这么认为？"德罗塞梅耶用一种怀疑但又期待被说服的语气问道。

"还能有什么问题？他除了靴子什么都不穿，他从未剃过胡子，还有，他在父亲店里为顾客们夹胡桃，大家都叫他'胡桃夹子'。"

"哪儿哪儿都对上了。"

"我亲爱的朋友,"星象师继续说,"好运总是接二连三。但如果你还心存疑虑,那我们就去看看星象吧。"

于是,他们来到屋顶,给那个年轻人画出了星象图,发现他注定是要交好运的。这一预言也确认了之前星象师的期望,德罗塞梅耶再也没有任何质疑的理由了。

"那么现在,"星象师带着胜利的口吻说,"就只剩两件事要完成了。第一,你得拿块结实的木头固定在你侄子的脖子上,并把木头和下巴连接起来,以便发挥最大的力量。"

"这不难。"德罗塞梅耶回答道。

"第二件事,"星象师继续说,"一抵达王宫,我们必须小心谨慎,千万不要泄露我们已经找到可以打开卡拉卡塔克胡桃的年轻小伙。在我看来,在尝试打开胡桃时,越多的牙齿崩掉,越多的下巴脱臼,一心要救女儿的国王就会给出越多的嘉奖来犒赏能打开胡桃的英雄。"

"我亲爱的朋友,"德罗塞梅耶答道,"你可真是深谋远虑。行啦,我们先去睡吧。"

说完这些,他们就来到了卧室,拉下棉布睡帽遮住耳朵,睡了近十五年来最香的一觉。

第二天一大早,他们来到克里斯托弗的寓所,向他讲述昨晚制订的完美计划。眼前的这位玩具商并非没有野心,他深信自己的儿子有着全欧洲最强健的下巴,因此欣然接受了这个安排,贡献出了那颗胡桃以及"胡桃夹子"。

但那年轻小伙可就不那么容易被说服了。要在他脖子上装上木块,这着实有点吓到他了,但他的爸爸、叔叔以及星象师都向他许下了美好的承诺,在甜言蜜语的攻势下,他最终答应了。德罗塞梅耶立刻动手,制作出一个木制装置,把它牢牢地安装在小伙子的脖子上,确保他能使出超乎寻常的咬合力。值得一提的是,这个精巧的装置运行起来简直完美,年轻人首次尝试就能把最硬的杏核和桃核夹个粉碎。

接下来，这三个人就赶紧动身前往王宫。克里斯托弗也很想一同前往，但由于他走后就没人看店了，所以只好留守在纽伦堡。

第十章
鼠后的报复

抵达王都后,德罗塞梅耶把他的侄子留在了他们下榻的小旅店,然后他和星象师前往王宫。他们宣称搜遍世界也没能找到的那颗卡拉卡塔克胡桃,竟然在纽伦堡被发现了。他俩先前已经达成一致,完全没有提及已经找到能打开胡桃的人。

王宫上下喜出望外。国王当即派人去请掌管情报工作与报纸审查的枢密院官员。这位重臣按照国王的命令,写了一篇文章登在《公报》上,并要求其他报纸都转载此文,文章旨在邀请那些认为自己的牙齿足够强健的人都能亲自到王宫来尝试打开卡拉卡塔克胡桃,一旦成功将予以重赏。

这可是一个无与伦比的机会,可以展现这个国家到底有多少强健的下巴。由于来应试的候选人太多，国王不得不组建了一个委员会。委员会的主席正是王室御用牙医，委员会的职责就是检查所有参赛者的三十二颗牙齿是否齐全，以及是否有蛀牙。

经过筛选，三千五百名候选者获准参加持续一周的第一轮淘汰赛。然而，结果是无数人的牙齿断裂，下巴脱臼。

这样一来，就得重新招募人选。举国上下乃至外国的很多报纸都登满了广告。国王还承诺说，成功者将获得国王学院终身校长的职位和金蜘蛛勋章，且候选人无须拥有大学学位。

第二次招募产生了五千名候选人。欧洲所有的学术团体都派了代表前来参加这一重大盛会。法国科学院的几名成员及该学院的常务秘书也都出席了，但这位常务秘书被宣布是"不受欢迎的人"，因为他经常试图撕碎他的作家兄弟的作品，牙齿早就掉光了。

这次竞选盛会持续了两周，但和第一次一样毫无结果。这些来自欧洲各学术团体的代表，为了争夺荣誉，争相成为第一个咬开胡桃的人，最终却只是把他们最好的牙齿都白白赔上。

虽然被这么多人咬过，但这颗卡拉卡塔克胡桃连表面都没有留下咬痕。

国王见状，失望透顶。他决定再做最后一次尝试，看看是否有人能成功咬开胡桃。由于他没有儿子，因此在第三份发给《公报》、各大全国性报纸以及外国杂志的招募广告中，国王宣称如若有人能咬开胡桃，那么这个男人将有幸娶帕利帕廷公主为妻并继承王位。但有一个附加条件，这个男人必须在十六岁到二十四岁之间。

这一奖励让更多人蠢蠢欲动。竞争者们从欧洲各地蜂拥而至，如果不是因为时间有限，亚洲、非洲和美洲的那些符合条件的年轻人也都会赶来。就在这个时候，德罗塞梅耶和星象师认为最佳时机已经来临，是时候拿出他们的"王牌"了，因为国王已经不可能给出更高的嘉奖了。

虽然他俩确信会一举成功，且此时又来了一群王子展示他们强健的下巴,但直到报名处快要关门时,这两个家伙才带着他们的"王牌"出现。这个名为纳撒尼尔·德罗塞梅耶的年轻人排在第 11375 号,是本轮比赛的最后一名选手。

事实上,第三轮和前两轮没有什么不同。纳撒尼尔的 11374 名竞争对手都以惨败告终。

在比赛的第十九天,也就是帕利帕廷公主十五岁生日当天,上午 11 点 35 分,终于轮到了纳撒尼尔登场。

这位年轻小伙在叔叔和星象师的陪同下出现了。这也是他俩自上回在摇篮里看到公主后第一次见到她。这么多年过去了,公主还是那个样子。一看到公主,可怜的纳撒尼尔就吓得浑身发抖,他战战兢兢地问他的叔叔和星象师,是否确定卡拉卡塔克胡桃的果仁能恢复公主原有的美貌。纳撒尼尔接着说,如果他成功做到了之前那些候选人都未做到的事,而公主仍然无法恢复,那么他愿意把娶公主和继承王位的荣誉都留给其他愿意接受的人。

毋庸置疑，德罗塞梅耶和星象师都让他别再胡思乱想，赶紧行动就好，并再三强调只要打开胡桃，让帕利帕廷公主吃下那颗胡桃仁，她就能立刻恢复当初的花容月貌，普天之下无人能及。

公主让纳撒尼尔惊慌失措，而恰恰相反的是，纳撒尼尔却让心思细腻的公主一见钟情。这份倾心让她情不自禁地惊叹道：

"噢，我多么希望他能打开那颗胡桃！"

对此，公主的首席家庭教师提醒道：

"我想我已多次同殿下您说过，对于一个像您这样年轻貌美的公主，这样大呼小叫表达自己的所爱是不合礼数的。"

纳撒尼尔确实是那种能让全世界的公主回眸的男子。他身穿紫色丝绒军大衣，饰以金扣和穗带，这么华美的衣服正是他的叔叔亲手制作的。他的裤子与大衣面料相同，靴子光亮如镜。

唯一有些煞风景的，是装在他脖子上的木块。他的叔叔已尽量把它做得好看些，让它看起来像是系在脖子上的小斗篷。在某种程度上，这可能被认为是这个年轻小伙在着装上的一个怪癖，或是他的裁缝想要在宫廷里树立一种新时尚。

当这位风度翩翩的青年男子步入公主的房间时，在场的女士心里都暗自重复着公主先前情不自禁大声说出的话。所有人，包括国王与王后，都从心底里希望纳撒尼尔能成功。

朝气蓬勃的纳撒尼尔满脸洋溢着自信，更激起了众人对他的期望。他走到王座的台阶前，依次向国王、王后、帕利帕廷公主以及在场的其他人鞠躬行礼。主持仪式的大司仪把卡拉卡塔克胡桃递给了纳撒尼尔，他小心翼翼地用大拇指和食指夹住胡桃，将其放入牙间，然后奋力一拉脖子上安装的木块。

咔嚓！咔嚓！胡桃壳碎成了几片。

接着，纳撒尼尔娴熟地把胡桃仁剥出来递给公主，优雅地向她鞠躬行礼以表敬意。公主立刻咬住胡桃仁，嚼了嚼后咽了下去，与此同时，神奇的一幕出现了：公主让人惊恐的丑态瞬间消失了，出现在众人面前的是

一位有着倾国倾城容貌的姑娘。她的脸庞仿佛着上了玫瑰的娇粉色和百合的浅玉色,她的双眸闪烁着碧蓝色的光芒,她那金灿灿的浓密卷发优雅地披散在秀丽的双肩上。

号声、铙钹声响起,声音震耳欲聋,宾客们的欢呼声也融入了王宫的礼乐声中。国王、大臣们、国务顾问们、法官们都高兴得跳起了舞,正如公主出生那天那般欢欣雀跃。王后更是兴奋得晕了过去,为了唤醒她,侍女们此刻正在往她脸上洒古龙水。

这嘈杂的场面让纳撒尼尔心生反感,当然,他没

有忘记还须向后退七步。他沉着冷静地履行他的职责，然而，正当他伸出腿跨出第七步时，圣鼠索瑞可妮突然从地板缝里蹿了出来。随着吱吱一声，她溜到了纳撒尼尔的两腿间，就在这位未来国王的脚即将落地之时，他的脚后跟恰巧踩在了圣鼠的身上，就这样，他一个趔趄，差点摔倒。

霎时间，眼前这位俊美的青年突然变了模样：他双腿皱缩，干瘪的身躯几乎撑不起自己的脑袋；他的眼球凸起，变成了可怕的绿色；他的嘴巴大得咧到了耳畔，原先下巴上那绺精致的小胡子变得苍白、软塌，后来才发现是变成了棉花。

当然,造成这一恶果的圣鼠也在劫难逃。由于刚才被重重地踩了一脚,此时她已经奄奄一息。尽管已经小命不保,她还在吱吱地唱着:

> 卡拉卡塔克,卡拉卡塔克,
> 致命胡桃,坚硬无比,
> 正是你,毁了我!
> 可圣鼠我,有子孙万代,
> 总有一天,我的儿子会来算账,
> 卑鄙的胡桃夹子,你等着!
> 我心如明镜!我无所不知!

圣鼠的诗本可以做得更好,但此时她已处于垂死之际。一位高官拎起她的尾巴,把她拿出去埋在了一个洞里,这回她和她十五年前,甚至更早时候埋在这儿的家人算是团聚了。

而在此期间,除了德罗塞梅耶和星象师,无人关心变了模样的纳撒尼尔。帕利帕廷公主完全不知道发生了什么事，还下令让人把那年轻的英雄带来见她。虽然她的家庭教师再三教导过她注意身份，但她还是迫不及待地想要亲自感谢他。然而，公主一看到不幸的纳撒尼尔，就吓得赶紧用手捂住了脸。她完全忘了感恩，不停地大喊着：

"快把这可怕的胡桃夹子带走！带走！"

大元帅奉命拽着纳撒尼尔的肩膀，把他推下了台阶。国王想到这么个胡桃夹子将成为他的女婿，气不打一处来，于是迁怒于星象师和德罗塞梅耶。他没有给星象师每年一万塔勒的高薪和荣誉望远镜，也没有给德罗塞梅耶镶钻的宝剑、金蜘蛛勋章和全新的黄色长礼服。事实上，他俩都被下令逐出国王的国度，并被要求在二十四小时之内离开边境。

作为老百姓，除了顺从王命，别无他选。于是星象师、德罗塞梅耶和他的侄子（如今已是个名副其实的胡桃夹子）离开了王都，离开了这个国度。

当夜幕降临，两位博学之士再次研究了星象，解读之后发现，虽然纳撒尼尔已经面目全非，但他还是会成为王子，并当上国王——除非他选择继续做一个普通人，而这完全取决于他自己的选择。他也会变回原来的模样，当然前提是他得率兵打仗，杀死鼠王（这个鼠王是在圣鼠索瑞可妮前七个儿子被杀死后出生的），并且还得有位美丽的姑娘爱上他。

心怀对美好未来的期待，纳撒尼尔作为他父亲唯一的儿子和玩具店的唯一继承人回到了玩具店——尽管是以胡桃夹子的形态。毋庸置疑，他的父亲完全认不出自己的儿子了。当克里斯托弗问他的兄弟及星象师他的爱子在哪儿，这两位知名的大学问家泰然自若地答复道，国王和王后不允许公主的救星离开他们，因此纳撒尼尔满身荣耀地留在了王宫。

至于不幸的胡桃夹子，他深知自己的处境，一言不发，只是耐心等待着变化降临的那一天。不过，尽管天性善良，他还是很生叔叔的气——当初莫名其妙地出现，花言巧语、千方百计地引诱他，最终竟然让他落得如此不幸的下场。

以上就是卡拉卡塔克胡桃和帕利帕廷公主的故事。至此大家应该明白了为什么人们谈及困难的事时总会说:"这是一颗难啃的胡桃。"

第十一章
魔咒解除了

　　几个月过去了，几年过去了，在这期间，玛丽一直沉浸在幻想中。

　　她相信德罗塞梅耶教父所说的并不仅仅是一个故事，而是胡桃夹子与死去的圣鼠索瑞可妮和她的儿子——如今的鼠王——之间真实发生过的争斗历史。因此，她内心深处一直坚信，胡桃夹子就是纽伦堡的纳撒尼尔，她教父那位友善可亲却被圣鼠施了魔咒的侄子——从教父把黄色长礼服引入故事的那一刻起，她就坚信这一点。

　　当她听到德罗塞梅耶先是由于中暑而掉光了头发，后又因为中箭而失去右眼后，她的这种信念就更坚定了，因为这一切完美地解释了她的教父为什么要发明玻璃假发，以及为什么要在右眼上蒙一块黑布。

"可是你的叔叔为什么不帮你呢，可怜的胡桃夹子？"她站在橱柜边，一边凝视着她心爱的胡桃夹子，一边自言自语。因为她记得故事里说，只要仗打赢了，魔咒就会被解除，他就会成为王子，并当上国王。

"虽然你不能动，也不能跟我说话，"她继续自言自语，"但是，亲爱的胡桃夹子，我确信你对我了如指掌，并且你一直都知道我对你的好意。只要你需要，我都会支持你。还有，你不要自暴自弃噢！"

在这番感人的话语下，胡桃夹子虽然依旧纹丝不动，但玛丽似乎听见从玻璃门后面传来一声轻轻的叹息，一个微弱的声音说道：

"亲爱的玛丽，你是我的守护天使。总有一天，我们将彼此拥有。"

日落时分，法官爸爸回到了家中，和他一起的还有德罗塞梅耶医生。很快，所有人都聚到了桌子旁，在谈话的间隙，玛丽转头对德罗塞梅耶医生说：

"教父,我知道我的胡桃夹子就是您的侄子纳撒尼尔。您很清楚他正在和鼠王交战。可是,为什么您那天只是坐在大钟上袖手旁观?为什么您到现在还对他置之不理?"

教父面带一抹怪异的笑容答道:

"亲爱的,你这么热心地为你的胡桃夹子出头,但你根本不知道自己到底在干什么。鼠王知道是胡桃夹子踩死了他的妈妈,因此,他会想方设法地迫害胡桃夹子。但无论如何,请记住,能帮到胡桃夹子的人不是我,而是你,只有你。你要坚强、忠诚,然后一切都会好起来的。"

对于德罗塞梅耶的话,玛丽和其他人都听得云里雾里的。法官大人更是觉得莫名其妙,于是他拽住德罗塞梅耶医生的手腕,搭了搭他的脉搏,然后说道:

"我的朋友,你病得不轻,赶紧回家睡觉吧。"

这一晚,玛丽睡在了妈妈的房间里。皎洁的月光透过窗帘洒满屋子。熟睡中的玛丽进入了梦乡。她感觉自己好像听到从屋子的一角传来一阵骚动声,混杂着抓挠声和老鼠的吱吱声。

"天哪！"她惊呼起来，因为她记得胡桃夹子大战鼠王的那晚也是这样的声音，"老鼠们又来了！"

她想叫醒妈妈，却出不了声；她试图起床离开卧室，可无论怎么努力也动弹不得。最后，她往传出声响的屋子一角看去，震惊地发现鼠王从他在墙上挖出的一个洞里出现了。先是一个脑袋，然后是第二个、第三个，最后七个脑袋全都挤了出来，每个脑袋上都戴着一顶王冠。进入房间后，他转了好几圈，这架势仿佛是胜利者在巡视自己征服的领土。然后，他对玛丽说：

"喂！喂！喂！听着，你必须把你所有的糖梅子和杏仁蛋白软糖都给我，不然我就吃掉你的胡桃夹子。"

说完，他就从那个洞里消失了。

玛丽被眼前的可怕情景吓坏了。早上起床时，她脸色惨白，内心惴惴不安。几经犹豫后，她决心按鼠王昨晚要求的去做。于是，一到晚上，她就赶紧把糖梅子和杏仁蛋白软糖放在了橱柜的搁板上。

次日早上,玛丽的妈妈很是纳闷:

"我真想不通屋子里怎么冒出老鼠来,还把玛丽的糖果吃了个精光。"

妈妈的话不完全对。事实上,那些糖果只是被糟蹋了:贪吃的鼠王发现这些糖梅子和杏仁蛋白软糖并不合他的胃口,所以只是每颗都咬了一点点,然后就弃之而去。

接下来的一个晚上,玛丽又一次被抱怨声和吱吱声吵醒。这回,鼠王说:

"你得把你所有用糖做的宝贝都给我,还得给我一些饼干,不然我就吃了你的胡桃夹子。"

说完,他就跳走了,消失在墙上的洞里。

早上,心情低落的玛丽径直来到橱柜边。

"唉,"她向胡桃夹子哭诉道,"没有什么事是我不愿意为你做的,但你必须承认,鼠王这次的要求太让我为难了。"

听了这些话,胡桃夹子的脸上露出了哀伤的表情,这让玛丽不由得想象出鼠王张开大嘴吞下他的画面,

她决心为拯救这个不幸的年轻人再做一次牺牲。于是，到了晚上，她亲吻了心爱的用糖做的牧羊男、牧羊女和羊儿们，又拿出一些饼干，然后把它们都放在了橱柜的搁板上。

"这回实在是太过分了！"第二天一大早，玛丽的妈妈惊呼道，"这些可怕的老鼠一定是躲在橱柜里，竟然把玛丽的糖人都吃光了。"

正在这时，弗里茨想起他们的烘焙师有一只了不起的灰猫，把他捉来，一定能结束这场鼠患。可妈妈担心灰猫跳来跳去摔坏杯碟，不同意这么做。然后，又有人想到了捕鼠器，大家纷纷笑了起来，因为这捕鼠器正是孩子们的教父德罗塞梅耶医生发明的。可家里却怎么也找不出一个捕鼠器，所以只能派仆人去德罗塞梅耶医生那里取了一个。这个捕鼠器用一块熏肉作为诱饵，被放在了老鼠大肆搞破坏的地方。

晚上睡觉时，玛丽期待着第二天早上鼠王已成为笼中之囚，因为他的贪婪一定会把他引到捕鼠器中去。可是大约夜里十一点时，玛丽再一次被吵醒。

"可笑的捕鼠器！可笑至极！"鼠王高喊着，"我是不会上当的，那块熏肉对我根本没有诱惑力。务必把你的图画书和丝织裙都拿来。否则，我就要活吞了你的胡桃夹子。"

可以想象，第二天早上玛丽醒来时有多么悲伤。

更不幸的是，妈妈告诉她捕鼠器里空空如也。当妈妈走开后，玛丽独自来到橱柜边，说道：

"亲爱的胡桃夹子，这一切到底什么时候才会终结？就算我把图画书拿去给鼠王撕烂，把我最心爱的丝织裙拿去让他咬个稀巴烂，他也不会就此善罢甘休。当我再也拿不出别的东西献给他的时候，我该怎么办呢?"

正当玛丽哭诉的时候,她发现胡桃夹子的脖子上有一块微小的血渍。自从知道自己心爱的胡桃夹子是玩具商的儿子,也是教父德罗塞梅耶的侄子后,她就再也没有把胡桃夹子抱在怀里过,既没有亲过他,也没有拥抱过他。事实上,玛丽是个十分害羞的女孩,她甚至都不好意思用指尖触碰他。但此刻,看到这块血渍,玛丽意识到胡桃夹子受了伤,她担心这个伤口会很严重,顾不上羞涩,直接把胡桃夹子从橱柜里轻轻地拿了出来,用自己的手帕擦去血渍。

想象一下,当玛丽发现胡桃夹子竟然在她手中动弹的时候,她有多么震惊吧!她赶紧把胡桃夹子放了回去。胡桃夹子咧至耳朵的双唇微微颤动,这让他的嘴巴显得更大了。他在挣扎着跟玛丽说话,几经努力后,终于说出了如下这些话:

"啊,亲爱的西尔布霍斯小姐……我最珍贵的朋友……我亏欠你太多……对你永远感激不尽……不要为我牺牲你的图画书和丝织裙……你只需给我一把剑……一把好剑……其他的都交给我。"

胡桃夹子还想再说，但他的话变得越来越难懂，声音也渐渐弱了下去。刚才说话间他的双眼中流露出巨大的悲伤，此刻又变回了静止而空洞的样子。

玛丽一点儿都没有被吓倒，相反，她高兴得跳了起来，因为不用再牺牲她的图画书和丝织裙来救胡桃夹子了。唯有一件事让她忧心忡忡——她要去哪儿才能找到一把胡桃夹子所需的好剑呢？她想，得把她的困难告诉弗里茨。

她把哥哥请到了橱柜边，并且把关于胡桃夹子和鼠王之间的所有事情都告诉了哥哥。弗里茨相信妹妹的话，说道：

"这个胡桃夹子看着就是个勇敢的家伙，我想我能帮上他的忙。我刚好有一个领半薪的退伍胸甲骑兵少校，他已经完成了他的服役任务，现在应该不需要剑了。他的剑可真是一把好剑呢。"

现在只需找到这名少校。如今，他靠着所领的半薪，下榻在橱柜第三层一个昏暗的小酒店里。对于贡献出他的剑，他完全没有意见，因此这把剑立即就挂在了胡桃夹子的脖子上。

当晚，当橱柜所在的屋子里的大钟敲响十二点时，玛丽仍然异常清醒。随着最后一记钟声响起，橱柜方向传来了异常的声响，接着便是剑与剑激烈的碰撞声，好像有两个敌人正在殊死搏斗。突然，其中一名决斗者发出了吱吱声。

"鼠王！"玛丽大喊一声，声音里充满了欣喜，也充满了恐惧。

随后是死一般的寂静。紧接着，玛丽的房门口响起了轻轻的敲门声，一个温柔、平静的声音说道：

"亲爱的西尔布霍斯小姐，我有个好消息带给你。我恳请你，打开门吧。"

玛丽听出了这正是胡桃夹子的声音。她飞快地穿上晨袍，打开了门。胡桃夹子右手拿着血渍斑斑的剑，左手拿着一根蜡烛。他一看到玛丽就单膝下跪，说道：

"只有你，我亲爱的姑娘，给了我勇气和力量，与这个居然敢威胁你的傲慢的恶棍决一死战。卑鄙无耻

EMMA L. BROWN

的鼠王已经受死，你是否愿意接受一位愿意用余生效忠于你的骑士的战利品呢？"

说完这席话，胡桃夹子从左臂上取下一串类似手链的东西，亲手递给了玛丽，其实这是鼠王的七顶王冠串成的。玛丽欣然接受，胡桃夹子很受鼓舞，起身继续说道：

"亲爱的西尔布霍斯小姐，既然我打败了敌人，如果你愿意赏脸，请跟随我来看一些好东西——请不要拒绝我。"

玛丽毫不犹豫地答应了：

"我愿意跟着你。但你可别把我带到太远的地方，也别让我离开太久，我到现在还没合过眼呢。"

"我会选一条最近的路，虽然可能会难走些。"胡桃夹子回答。

说完，他就带着玛丽开启了一场奇幻之旅。

第十二章
糖果王子驾到

他们很快就来到了一个巨大的、挂衣服的旧橱柜边，这旧橱柜就立在门附近的一条过道上。胡桃夹子停下了脚步，玛丽惊讶地发现，那扇常年紧闭的橱柜门居然打开了，她可以清楚地看到挂在最外面的那件父亲旅行时穿的狐皮袍子。

胡桃夹子灵活地抓着袍子的编织边饰，沿着袍子爬了上去，够到了那块用大环扣住、垂在袍子后面的宽大披肩。他从披肩下面拉出一架用杉木做的折叠梯，然后巧妙地摆弄着，让梯子的脚落在橱柜底部，顶部则消失在袍子的袖子里。

"亲爱的，"胡桃夹子说，"抓紧我的手，我好帮你爬上来。"

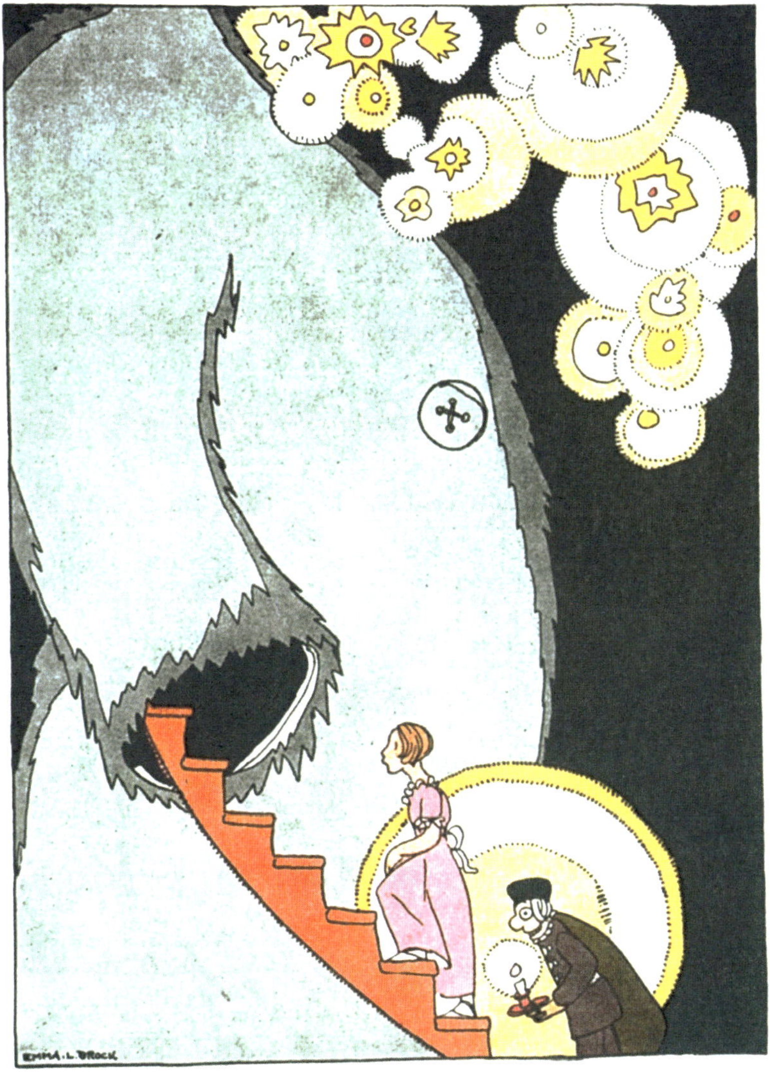
EMMA·L·BROCK

玛丽照做了。她刚爬上梯子，一道绚烂的光就射了过来，然后她发现自己已置身于一片芳香四溢的草坪。草坪上一闪一闪的，好像散落着许多宝石。

"哇，太美了！"玛丽情不自禁地感叹，眼前的一切让她看花了眼，"可我们这是在哪儿呢？"

"我们在糖果田野呢。"胡桃夹子说，"不过我想带你再去别的地方看看，除非你想留在这儿——跟我来吧，我们穿过这扇门进去瞧瞧。"

玛丽抬眼，果然看到眼前有一扇漂亮的大门。穿过门，他们离开了糖果田野。这扇门远看是用白色、红色和蓝色的大理石做成的，但走近一看，玛丽才发现它其实是用橘子皮、葡萄干和烤杏仁做的。

门后是一个很大的房间，房顶由麦芽糖做的柱子支撑着。房间里有六只穿红衣服的猴子在弹奏乐器，传来的乐声即便不是世界上最悦耳的，至少也是最新颖的。玛丽着急忙慌地想尽可能多看些，以至于没有意识到自己正踩在开心果和蛋白杏仁饼干上——她又把它们错看成大理石了。

穿过这个房间,还没到户外,玛丽就闻到了一股甜美的香味,这香味来自眼前一片令人赏心悦目的小树林。小树林里挂满了绚烂的灯笼,让人可以清楚地看到树枝上挂着的金果子和银果子。

"哇,亲爱的胡桃夹子,"玛丽惊呼道,"这个绝妙的地方叫什么名字呀?"

"我们现在在圣诞丛林。人们就是来这里取圣诞树的,树上挂着守护天使们送来的圣诞礼物。"

"那我可以在这里多待一会儿吗?这里的一切都太可爱了。"

听到玛丽这么说,胡桃夹子拍了拍手,一大群牧羊男、牧羊女、男猎人、女猎人从树林里走了出来，每一个看上去都精致白皙，似乎都是由细白砂糖做成的。他们拿来一把由巧克力做成的、外层裹着白芷的扶手椅，并在椅子上放了一个坐垫，礼貌有加地邀请玛丽坐下。她刚一落座，一部分男猎人便鼓足气、憋红脸，热烈地吹起了号角，其余人则应着这音乐跳起舞来。欢舞结束后，整个演出团都消失在树林后面。

"你可得原谅我，亲爱的西尔布霍斯小姐，"胡桃夹子说着，把手伸向了玛丽，"抱歉刚才让你看到了那么蹩脚的芭蕾舞，但那些笨家伙只懂得重复同一种步伐。还有猎人们，吹号角吹得好像他们自己都被吓到了。我可得找机会跟他们好好谈谈。"

"我倒觉得一切都很令人高兴，"玛丽坦言，"我可不希望你找他们谈话时太严厉了。"

胡桃夹子做了个鬼脸，好像在说"等着瞧"。

然后，他们继续向前参观，来到了一条河边，这条河似乎散发着世上最香甜的味道。

"这是橘子汁河，"玛丽还没发问，胡桃夹子就开始介绍了,"是这个王国最小的河流之一,它的香味远远比不上流入南海(有时也被称为潘趣酒之海)的柠檬汁河。还有糖浆湖也更胜一筹,湖水从这里流入北海(有时也被称为杏仁奶之海)。"

不远处坐落着一个小村子,村里的民房、教堂和牧师的住宅都是棕色的。不过,屋顶都是镀金的,墙面上镶嵌着耀眼的红色、蓝色和白色的糖梅子,显得十分华丽。

"这就是杏仁蛋白软糖村。"胡桃夹子介绍道,"正如你所见,这是一个可爱美丽的小村庄,还有一条蜂蜜小溪潺潺地流过村子。村子里的人个个都很漂亮,但脾气不好,因为他们备受牙疼的困扰。但是,亲爱的西尔布霍斯小姐,我们别在这些小村庄停留了,还得赶路去王都呢。"

虽然胡桃夹子这一路上一直牢牢地牵着玛丽的手,但他走起路来像是毫无牵绊,轻快自如。而玛丽呢,一路上对什么都充满好奇,如鸟儿般轻盈地紧跟着他。几分钟后,他们就闻到了空气中弥漫的玫瑰芳香,周围的一切都好像染上了玫瑰的色彩。玛丽发现这是玫瑰精华河散发出的香气和折射出的光芒。河水的涟漪唱着轻快的歌谣，和他们一路相随。戴着金色领子的银天鹅悠然地在湖中徜徉着，钻石鱼从他们身边跃出水面。

胡桃夹子再次拍了拍手，玫瑰精华河立即在他们眼前升腾起来。忽然，从涌动的河水中驶出一艘由贝壳做成的贡多拉[1]，船身上镶满了宝石，在阳光的照射下熠熠生辉。金色的海豚拉着船，十二个可爱的摩尔人头戴金鱼鳞片做成的帽子，身穿蜂鸟羽毛做成的衣服，欢快地跳上了河岸。他们温柔地把玛丽和胡桃夹子依次请上船，然后贡多拉开始穿越玫瑰精华河。

眼前的景观令人陶醉，堪比当年埃及艳后克娄巴特拉的旅行。金色的海豚轻轻地仰起头，向空中喷洒着闪耀的水珠，水珠承载着彩虹的色彩洒落下来。随后，轻柔的音乐响起，银铃般的歌声在空中回荡：

---

[1] 一种类似于独木舟的尖舟，轻盈纤细，源自意大利威尼斯。

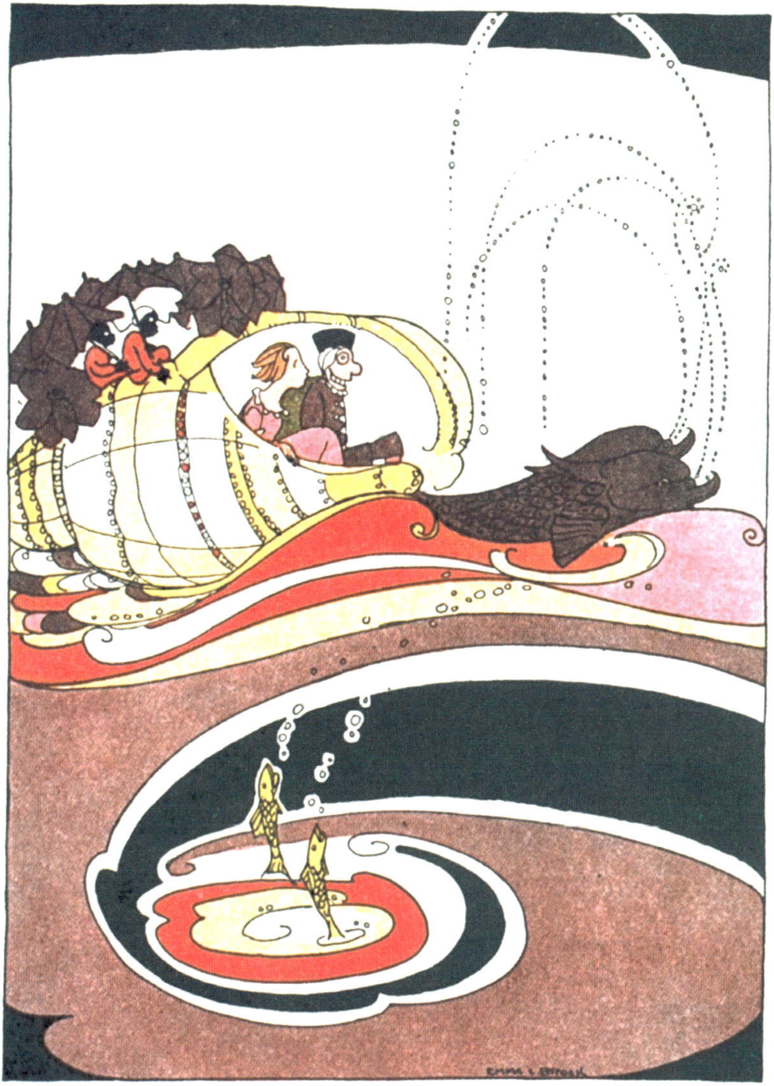

是谁，沉醉于玫瑰绚烂的色彩，
徜徉在芬芳的涓涓细流中？
是精灵女王吗？
在浪尖上游动的鱼儿们，说说看，
在平静的水中优雅舞动的小天鹅们，来猜猜。

小摩尔人站在贝壳贡多拉的座位后面，一直摇晃着挂着铃铛的阳伞，为歌声伴奏。而玛丽呢，俯下身子看着水波，每一道涟漪都映照出她欢快的笑颜。

就这样，他们穿过玫瑰精华河，抵达了对岸。小摩尔人有的跳入水中，有的上了岸，筑起一道人桥，护送玛丽和胡桃夹子安然上岸。

接着，胡桃夹子带着玛丽穿过一片小树林。这片林子比他们之前走过的圣诞丛林更可爱，更美不胜收。每棵树都闪闪发光，每棵树都散发出扑鼻的甜香，且气味各不相同。但是，最引人注目的还是树枝上挂满了数不胜数的各种水果，有的如黄玉，有的如红宝石，无论哪一种都芳香四溢。

"我们现在已经到了果脯林，"胡桃夹子介绍道，"走过去就是王都啦。"

当玛丽推开果脯林的最后几根枝条，她立刻被眼前花团锦簇的平地上拔地而起的这座壮丽、宏伟、别具一格的城市所折服。城墙与尖塔都绚丽多彩，就连堡垒和城门也是蜜饯做成的，这些蜜饯由水晶般的糖衣包裹，在阳光下晶莹剔透、绚烂夺目。

他们走进大门，银色的卫兵向他们伸出臂膀，一个身穿金线锦缎长袍的小人儿扑进了胡桃夹子的怀抱中，问候道：

"噢，亲爱的王子殿下，您终于来了！欢迎，欢迎，欢迎您来到肯福伦堡！"

玛丽听到胡桃夹子被称为"王子"，很是惊讶，但她很快就被周围的嘈杂声分散了注意力。她问胡桃夹子，玩具王国的王都是否在举行什么活动，或是在欢度什么节日。

"亲爱的西尔布霍斯小姐，并没有什么特别的活动。"胡桃夹子解释道，"肯福伦堡就是这么一个充满欢乐的地方，这里的人都很快乐，因此总能听到他们谈笑风生。请跟我继续向前走吧。"

玛丽欣然接受了邀请，加之她对这儿的一切充满了好奇，她加快步子，很快他俩就来到了一个大集市。集市周围所有的房子都是用糖做成的，都有回纹装饰的阳台。集市中央有一个巨大的海绵蛋糕，蛋糕里涌出四股喷泉，分别在喷洒柠檬汁、橘子汁、糖浆和黑醋栗汁。池子里满是鲜奶油，看上去非常美味，有很多衣着华丽的人正在用勺子舀来品尝。最令人愉悦、最有趣的是，成千上万的小人儿手挽着手在漫步，他们边走边笑边唱，扯着嗓子聊着天。玛丽这下明白为什么刚才听到这么多嘈杂的说话声了。

除了住在王都的本地人，这里还有很多访客：有亚美尼亚人、犹太人、希腊人、蒂罗尔人，有文员、士兵、牧师、僧侣、牧羊人，还有驼背小丑潘趣和杂耍艺人。

很快，嘈杂声在集市的入口处再次升级。人群都分散到街道两侧，好让一队骑兵通过。街道一头走来的是坐着一顶轿子，由九十三位王公贵族和七百个奴隶陪同而来的莫卧儿大帝；与此同时，另一头出现了骑在马背上，由三百名警卫兵护驾而来的苏丹大帝。他们素来是兵刃相见的仇敌，因此双方的随从一照面就争吵起来。

可以想象得到，当这两股势力发现彼此面对面撞上了以后，场面变得更糟糕了。普通老百姓纷纷逃走，但很快就传来怒吼声和绝望的呼喊声，原来是一个逃离中的园丁不小心用他的铁锹柄打飞了一个大祭司的脑袋。更糟的是，苏丹大帝的马踩到了一个试图从马腿间逃离这个是非之地的小丑。

叫嚣声愈演愈烈。刚才在大门口尊称胡桃夹子为王子殿下，身穿金线锦缎长袍的小人儿，一个箭步跳到海绵蛋糕顶上，摇响了银色铃铛。三声悦耳的铃音过后，他高喊道：

"糖果王子驾到！糖果王子驾到！糖果王子驾到！"

混乱即刻平息，刚才搅和在一块儿争吵的两队人马终于分开了。苏丹大帝满脸尘土，大祭司的脑袋被装了回去，并被叮嘱三天不能打喷嚏，以免脑袋再次掉下来。

至此，一切都恢复了井然有序的样子。每个人都忙不迭地赶去喷泉处解渴，品尝池中的鲜奶油。

胡桃夹子和玛丽也继续往前走，最后他们终于抵达了王宫的前厅。这里被玫瑰色的光晕笼罩，矗立着几百座别致的塔楼。墙上缀满了紫罗兰、水仙花、郁金香和茉莉花，与玫瑰色的墙面相映成趣。宫殿中央的穹顶布满了金色和银色的星星，美不胜收。

"这么美的宫殿叫什么名字呀？"玛丽不禁发问。

"这儿被称作杏仁蛋白软糖大殿，是王都最著名的建筑之一。"胡桃夹子回答。

就在此刻，玛丽的耳畔传来柔和欢快的旋律。王宫的大门自动打开了，迎面而来的是十二个小侍从，他们手持如火炬般燃烧的香草树枝，甜香四溢。这些侍从的头都是用珍珠做成的，其中六个的身体是红宝石做的，还有六个是绿宝石做的。他们金色的小脚踩着欢快的步伐一路小跑。

跟在他们身后的是四位女士，她们都和玛丽的新娃娃克莱尔一般高。她们身着华丽的服饰，玛丽一眼就看出，这四位是肯福伦堡王国的公主们。四位公主一看到胡桃夹子，就急忙以最温柔的拥抱来迎接他，异口同声地说：

"噢，王子殿下，亲爱的王子殿下！我们最最最敬

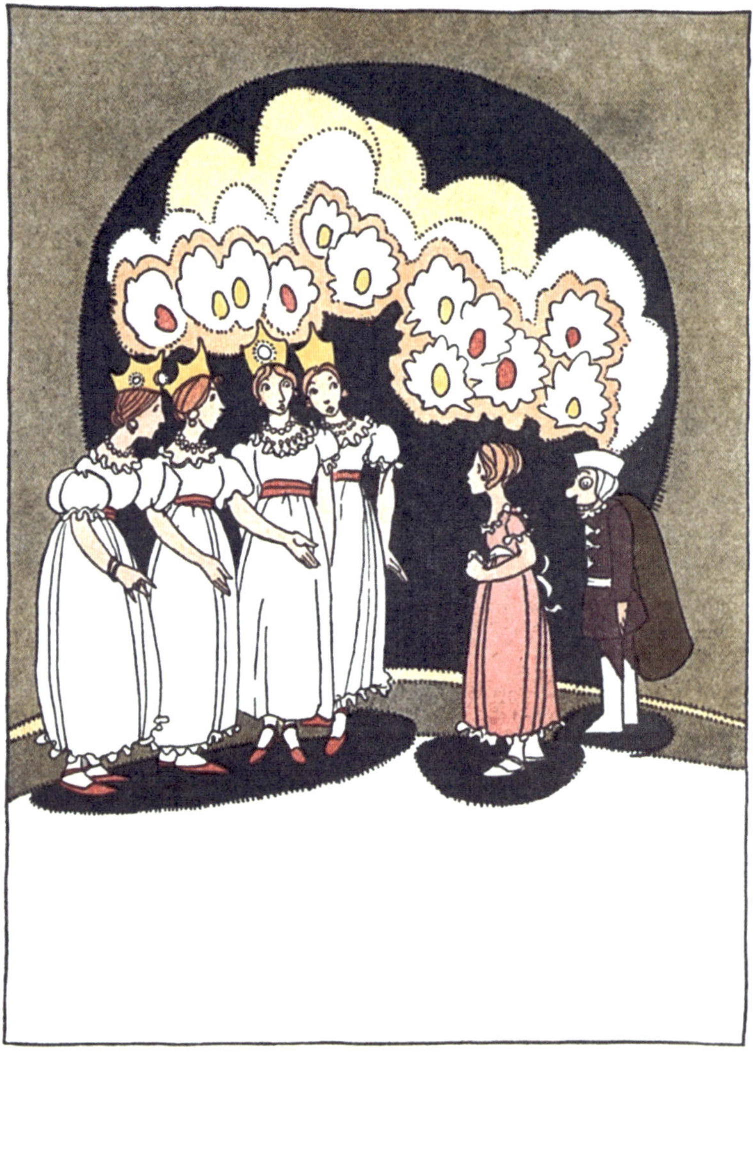

爱的哥哥！"

胡桃夹子感动万分。他抹去眼角几滴感动的泪水，拉着玛丽的手，温柔地说：

"我亲爱的妹妹们，在你们眼前的这位就是西尔布霍斯小姐，她是令人敬重的纽伦堡西尔布霍斯法官大人的爱女。正是这位年轻的姑娘救了我的命。我第一次和鼠王大战时，是她把一只鞋扔向鼠王，才把他赶走；后来，她又为我从一位领半薪的少校那儿借到了一把上好的剑——要不是她，我现在怕是已经躺在墓地里，或者被鼠王活吞了。"

说完，胡桃夹子又转向玛丽，用难以抑制的一腔热情说道：

"啊，我亲爱的西尔布霍斯小姐，帕利帕廷公主虽然贵为国王的女儿，却连帮您系鞋带都不配。"

"不，当然不配，一点儿都配不上！"四位妹妹不约而同地重复着。

然后她们用双臂抱住了玛丽的脖子，大声说：

"是您救出了我们最挚爱的王子殿下，尊敬的西尔布霍斯小姐!"

接着,公主们把玛丽和胡桃夹子引入宫殿,请他们落座在布满金色花朵的杉木沙发上,并说她们要去准备晚宴了。很快,她们取来了最精美的瓷瓶、瓷碗,以及银质的刀、叉、勺等,又准备了玛丽从未见过的最新鲜的水果和最美味的糖梅子,随后就开始忙起了晚宴。

由于玛丽本人也是个厨艺高手,她很希望能加入公主们,和她们一起准备餐食。这份小心思像是被看穿了,其中最漂亮的一位公主递给她一个金色的盆子,说道:

"亲爱的,请帮我把冰糖搅拌一下。"

玛丽照做,搅拌起了冰糖。搅着搅着,胡桃夹子开始讲起他的种种冒险经历。但说来奇怪,胡桃夹子的话语和搅冰糖的声音渐渐地融合在一起,越来越难以区分。

不一会儿,玛丽似乎被一股蒸汽包围了,渐渐地,这股蒸汽变成了银色的雾气,在她周围越聚越多——

胡桃夹子和公主们都从玛丽眼前消失了。

奇怪的旋律伴随着越来越响亮的潺潺流水声在玛丽耳畔响起，让她想起了在玫瑰精华河上听到的歌。这时，玛丽感到水波就在她脚下涌动，随着水位的上升，她也在往上升，越升越高——突然，她感到自己从不知道多高的地方掉了下去。

第十三章
美梦成真

人一旦感到从高处落下，必然是要从梦中醒来了。玛丽醒了，发现她就躺在自己的床上。

天已经大亮，妈妈站在床边。玛丽告诉了她自己在醒来前所经历的事，也就是读者们刚才读到的故事。妈妈听完后说：

"你做了一个非常长、非常美的梦，但既然你已经醒了，就该忘了这些。来，起来吃早饭吧。"

玛丽意识到，她得找些证据来证明她所经历的一切都是真的，因此她拿来一个小盒子，之前她把那串手链放在了里面。

"看这个，妈妈，这是胡桃夹子送给我的战利品，鼠王的七顶王冠。"

妈妈诧异地接过了手链。它由一种不知名但非常耀眼的金属制成，做工之精细是人类的双手无法做到的。法官见了手链，根本挪不开眼。正在这时，门开了，德罗塞梅耶医生出现了。他听了这串手链的来历，放声大笑，说道：

"哈，这故事也太动人了吧。这七顶王冠是我很多年前装在表链上的。后来玛丽两岁生日的时候，我把它送给了她！难道你们都忘了？"

法官和他的夫人完全想不起关于这件礼物的任何细节，但他们确信德罗塞梅耶医生说的肯定假不了。玛丽听后，则上前质问道：

"教父大人，您明明心知肚明，可为什么偏不承认胡桃夹子就是您的侄子，也不承认这是胡桃夹子送给我的七顶王冠？"

德罗塞梅耶医生似乎不想听玛丽说这些，他的脸色变得有些阴沉。

玛丽不敢再多说什么，但她忘不了在玩具王国的那场奇幻之旅。每当脑海里出现那些画面，她就会感觉自己还在圣诞丛林里，或玫瑰精华河边，或肯福伦堡中。

一天，德罗塞梅耶医生正忙着修理一座钟。他的假发放在身边的地上，舌尖探出嘴角，外衣袖子卷得高高的。玛丽则坐在橱柜边看着胡桃夹子，陷入了遐想。突然，她开口说道：

"噢，亲爱的胡桃夹子，如果你不是爸爸告诉我的那样，只是个用木头做的小人儿，如果你能活过来，我绝不会像帕利帕廷公主那样，因为你不再是年轻帅气的小伙子而背弃你，因为我对你的爱是发自内心、来自肺腑的。"

玛丽的话音刚落，屋子里一阵骚动，以至于她晕了过去，从椅子上摔倒在地。等她清醒过来，她发现自己已经躺在妈妈的臂弯里。妈妈心疼地说：

"你都这么大的孩子了，怎么还会从椅子上掉下来呢？说来也巧，德罗塞梅耶医生的侄子刚好来纽伦堡了。来，我的好姑娘，快擦擦你的小脸儿，整理一下衣裙，别在客人面前失态。"

玛丽刚整理完，门就开了，只见教父面带微笑，牵着一个年轻人走了进来。这个年轻人虽然个子不高，却长得非常俊美。他身穿绣着金边的红色丝绒外套，脚上穿着白色丝袜，鞋子擦得锃亮。他的衣服上装饰着精致的纽扣，漂亮的头发梳成辫子，并撒了发粉，垂在脖子后面。他腰间的佩剑镶嵌着宝石，手里拿着的帽子也是用最好的丝绸做成的。

他一来到玛丽的房间，就在她的脚边放了一大堆可爱的玩具。更让玛丽开心的是，他还带来了杏仁蛋白软糖和糖梅子，这些都是玛丽除了在玩具王国以外尝过的最美味的点心了。

到了用餐时间，各种甜点小食被端上餐桌，供众人分享。这位和气的小伙子开始为在座的每个人开胡桃，即使是最坚硬的胡桃也完全难不倒他。他用右手把胡桃塞进嘴里，左手一拽自己的辫子——咔嚓一声，胡桃壳就一分为二了。

第一次见到这位帅气的男孩时，玛丽脸都红了。吃完甜点，他邀请玛丽跟他一起去放玻璃橱柜的那个房间，她的脸更红了。

"去吧，孩子们，"德罗塞梅耶医生鼓励道，"我今天不用那个房间，我朋友们的钟都好着呢。"

就这样，年轻人有了一小段与玛丽独处的时间。他单膝下跪，对玛丽说：

"我亲爱的西尔布霍斯小姐，你眼前跪着的是快乐的纳撒尼尔。就在这儿，你救了他的命。你曾经说过，你不会像帕利帕廷公主那样，因为我的丑陋就背弃我。如今，由于圣鼠索瑞可妮在我身上下的魔咒，注定会因为一位年轻貌美的姑娘不顾我的丑陋爱上我而消失，此刻的我不再是遭人鄙弃的胡桃夹子，也恢复了曾经的样貌。正如你所见，我并非生来就是这副可怕的模样。所以，我亲爱的姑娘，如果你对我仍然有同样的感情，你是否愿意嫁给我，与我共享王位和王冠，共同治理我现在统治的玩具王国？"

玛丽听了，轻轻地拉起纳撒尼尔，说道：

"你是那么一位值得爱戴、值得拥护的好国王。你的玩具王国是那么欢乐，有那么多美轮美奂的宫殿和幸福欢乐的臣民，我很荣幸接受你作为我未来的丈夫，当然最终还得我的父母准允。"

两个专注于彼此的年轻人没有注意到，房门被轻轻地打开了。法官和他的夫人、德罗塞梅耶教父进了屋，走向两位年轻人，直呼"太棒了"，这让玛丽的脸红得像颗樱桃。纳撒尼尔倒是镇定自若，他走到玛丽的父母面前，优雅地鞠了躬，向他们表示敬意，并征询他们自己是否可以娶玛丽为妻。他的请求当即得到了肯定的答复。

就在这一天，玛丽和纳撒尼尔订婚了，条件是一年之后才能正式结婚。

一年之后，新郎坐着一辆镀着金银的珍珠母马车来迎娶他的新娘。拉车的小马跟羊一般大，举世无双，价值连城。年轻的国王带着新娘步入杏仁蛋白软糖宫殿，在那儿，牧师主持了他们的婚礼。两万两千个浑身上下都装点着珍珠、钻石和其他宝石的小人儿在婚礼上翩翩起舞。

如今，玛丽依旧是美丽的玩具王国的王后。在那儿可以看到圣诞丛林、橘子汁河、糖浆湖、玫瑰精华河，还有用如白雪般的糖做成的晶莹剔透的宫殿——总而言之，所有奇迹般的美妙事物都能在那儿看到，只要你有一双足以发现它们的慧眼。